柳亭小痴楽

令和の江戸っ子まくら集

シブラク編

竹書房

まえがき　共感と真逆もので笑ってもらえたら

三代目　柳亭小痴楽

どうも皆さん、初めまして……?　初めまして、柳亭小痴楽です。

この本は、『シブラク』［*1］という2014年にはじまった落語会に、二ツ目の半《なか》ばぐらいの僕が、最初の年から入れていただき、そこで話した「まくら」を集めた「まくら集」でございます。

これを読んでみていただけると分かると思うんですけれども、とにかく僕は入門したときから、「まくら」が苦手、フリートークが苦手だった人間でした。

僕は、前座修業の最初の4年間は、一切余計なことを喋らず、……自分の芸名すらも余計なことと思えて、教わった落語だけで勉強させてもらう姿勢でした。それから二ツ目になって紋付もらって［*2］、やっぱり「まくら」が求められるし、必要となったところで一切それを考えてこなかったので、本当に「まくら」に困ったんですよ。

その頃の「まくら」は、先にオチを言っちゃったり、オチを言う前に自分で笑っちゃったり、本当にただの素人だったんですけども、それでも『成金』［*3］という落語芸術協

［*1］『シブラク』……渋谷らくご（しぶやらくご）は、東京都渋谷区のユーロスペースで行われている落語会。通称シブラク。「初心者向けの会」という看板を掲げている。

［*2］二ツ目になって紋付もらって……二ツ目になると、今までは着流しだったのが紋付を着て、羽織も着られて、袴を着けることもできるようになる。

［*3］『成金』……成金（なりきん）は、落語芸術協会所属の二ツ目落語家・講談師11名をメンバーとして、2013年9月から2019年9月まで毎週金曜日に開催していた自主公演及びユニットの名称。柳亭小痴楽／六代目神田伯山／昔昔亭A太郎／瀧川鯉八／桂伸衛

会の若手の皆でやってる会を仲間と一緒にやっているうちに、自分の喋りたいことをちょっと喋れるようになったのかなというところで、『シブラク』が始まったんです。『シブラク』の第2回公演、２０１４年の12月に呼んでもらった僕の2回目の出演の会が、『まくら王』[＊4]という「まくら」だけを喋る企画の会でした。「あ、まくらが評価された。フリートークが評価された」って思って、凄く嬉しかったですよ。嬉しさに舞い上がって、そのとき喋ったのは、学生時代に、半グレみたいな悪いことをして金儲けてたという逸話を20分間喋って、お客さんがドン引きという……、全然笑いにならない。一から出直しだという思いでした。

　ですけども、そのときからあんまり変わってないスタンスがあります。変わってない僕のルールがあって、「言っちゃいけないことって何だろう」とか、「思っちゃいけないことって何だろう」とか、そういうのを思っちゃって、言っちゃうんで、その代わり、それで笑ってもらおうと……。共感を得ようと思っていないんですね、言っちゃえば。「こんな奴が居るんだ、へぇー」、「こんな奴が居るんだ」で、笑ってくれたらなぁと。共感と真逆ものので笑ってもらえたらなぁと、……出来れば共感を得られるのが嬉しいんですけど、「今の時代は、そんなのは得られないんだろうな、僕みたいな考え方は」と思っています。本書の中でも、「その拙《つたな》い言い回しはどうなの?」、「日本語としておかしい」、そういう細かいところは、いちいちケチつけないで楽しんでくださいね。そっちみたいな教育受けてない

門／三遊亭小笑／春風亭昇々／笑福亭羽光／桂宮治／春風亭柳雀／春風亭昇也

[＊4]『まくら王』……4人の出演者が、まくら（落語の本題の前に披露する軽い小咄など）を披露し、最後に出演するひとりが落語を一席披露する『シブラク』の会。

んだよ。学歴がないから勘弁してね。

『シブラク』は、そんな僕を見捨てず毎月一遍使い続けてくれるのは、感謝以外なにものでもないです。

『シブラク』で、キュレーター［*5］をしてるサンキュータツオさん［*6］に、今回、帯の推薦文も書いてもらって、二ツ目のときから、いろんな雑誌で落語入門みたいな記事をタツオさんが手がけるってなると、僕の名前を出してくれたりとか、本当にありがたいと思っています。『シブラク』で信用を得た……、僕みたいなキャラクターの人が居てもイイんだなって、お客さんが思ってくれたのと、『シブラク』でやりたい放題やらしてもらっている。その後ろには、サンキュータツオさんの「まぁ、こういう子が居たっていいじゃないですか」っていう言葉があったりとか、フォローがあった上で成り立ってるものだと思うんですよ。本当にありがとうございます。

本書を読んでもらうと分かりますが、『シブラク』ではいろんなしくじりをやらかしました。その度に共演した師匠方、タツオさんには高座の上でも、SNSでもフォローしていただいて、そのおかげでお客さんにも許されて生かしてもらっています。なので、僕の20年弱の噺家生活で、本当に大事な財産となった落語会なんですよね、『シブラク』が。だから未だに高座に上がる度に緊張するし、こんなに緊張する落語会って無いです。テレビとかも込みでも、多分それは僕が『シブラク』に対する意識とか思い入れが強いんだと思う

［＊5］キュレーター……博物館、美術館、図書館、公文書館のような資料蓄積型文化施設において、施設の収集する資料に関する鑑定や研究を行い、学術的専門知識をもって業務の管理監督を行う専門管理職。落語会ではキャスティング・プロデューサーの意味が大きい。

［＊6］サンキュータツオさん……1976年生まれ。学者芸人漫才「米粒写経」のツッコミ担当。早稲田大学大学院文学研究科博士後期課程修了。お笑いの学術的研究をするとともに、アニメなどのユースカルチャーにも造詣が深い。

んですけど、いろんな落語会とかメディアの仕事もやらせてもらった中で、一番結果を残したい会なんですよ。……のわりに、何も考えずに喋ってることが多いんだけど。でも、こういう人間を許してもらいたいな、許し続けてもらいたいなという最後の砦でもある落語会です。

『シブラク』のおかげをもって、僕の「まくら」の成長過程が如実に出てる本なんじゃないかなと思います。まぁ、最初のほうは、読んでられない。目も当てられないなと思いましたけど、皆さん、目を当ててみてください。

目次

編集部よりのおことわり

◆本書に登場する実在の人物名・団体名については、一部を編集部の責任において修正しております。予めご了承ください。

◆本書の中で使用される言葉の中には、今日の人権擁護の見地に照らして不当・不適切と思われる語句や表現が用いられている箇所がございますが、差別を助長する意図を以て使用された表現ではないこと、また、古典落語の演者である三代目柳亭小痴楽の世界観及び伝統芸能のオリジナル性を活写する上で、これらの言葉の使用は認めざるをえなかったことを鑑みて、一部を編集部の責任において改めるにとどめております。

成金仲間とベトナム旅行

2016年1月9日　渋谷ユーロライブ
渋谷らくご『宮戸川』のまくら

昨日、遅れた理由というのがね、3日の夜から、昨日の朝までベトナムに行ったんですよ。松之丞さん［＊1］とね、鯉八さん［＊2］と、あとこのシブラクに使っていただいてます昇々さん［＊3］の4人で、落語芸術協会の若手の同期でございまして、仲が良いんでね、ベトナムに行っちゃったんですよ。別に落語会とか、そういうのじゃなくて、遊びに行ったんですけど……（笑）。

喧嘩、売ってるのかね？　正月初日というのはね、誰も休んじゃいけないんですよ。小遊三《こゆうざ》師匠［＊4］は、

「死ぬまでに一遍、初席を休んでお酒を飲みたいなぁ」

と。で、顔見世興行［＊5］、毎日が寄席でね、顔見世興行で、芸術協会の協会員全員が出るんですよ。1日で5、60人がバーッと出るんですよ。ですから、休めないんですよね。そん中に、「まぁ、二ツ目だし、誰も分かんねぇだろう」と

［＊1］松之丞さん……六代目神田伯山。2020年2月11日に真打に昇進して、神田松之丞から神田伯山に改名。絶大な人気を誇る講談師。

［＊2］鯉八さん……瀧川鯉八。2006年瀧川鯉昇に入門。2020年5月に真打昇進。独特の不思議な世界観を持つ創作落語で人気を獲得している。

［＊3］昇々さん……春風亭昇々。テレビ『笑点』大喜利司会で有名な春風亭昇太の弟子、2007年入門。2021年5月に真打昇進。軽快な語り口の新作落語で人気。

［＊4］小遊三師匠……三遊亭小遊三。テレビ『笑点』大喜利では下ネタキャラで有名だが、明るい語り口の古典落語での評価が高い。

いうので、4人いなくなってベトナム行きましてね（笑）。

凄いですね、ベトナム行ったことある方、いらっしゃいますかね（挙手を求める所作）。ありがとうございますね。何人かいらっしゃるんですね。いや、良いところですね、ベトナムね。食べ物も美味しくてね、それで町並みもね、結構良いんですよ。綺麗なところは綺麗で……、んむむ……、すみません、日本語覚えたてなんでね（爆笑）。いや、ベトナム語はペラペラいけるんすけどね（笑）。へっへっへ、嘘だ、これ。あのぅ、綺麗なところは、なんかフランスの何とかかんとかがあったらしくてね（笑）、で、フランスチックがあってね（爆笑）。ちょっと汚いところは、日本の昔のね、昭和30年代あたりの日本らしさがあったりなんかしてね、とても歩いていても面白かったですよ。

でもってね、毎年そのメンバーで旅行行ってましてね。最初、台湾に行って、去年タイに行って、今年ベトナムという、……そういうことになってましたね。やっぱり歩いてたりなんかするとね、もうね、「マッサージどうですか？」ってね、……エッチなマッサージですよ。「マッサージどうですか？」って、「チ×チ×チ×チ×」言ってくるんですよ（笑）。「その日本語だけ分かるんだろうな」というのでね。「チ×チ×チ×チ×」って、やっぱり振り向きますよね？　昼日中に若い女の人の声で、

［＊5］顔見世興行……元は歌舞伎で役者の顔ぶれが改まり新規の出演者が並ぶ興行のこと。落語でも新年の初席ではより多くの出演者を見せる意味合いの興行。

「チ×チ×」

って、聞こえたら、「ウッ?」ってなる(笑)。で、目が合っちゃったら負けなんですよ。違うだろって言って、もう目が合っちゃったら負けなんですよ。

「ハイ、チ×チ×」

って、「ハイ、チ×チ×」って言われちゃうのね(爆笑)。「こっちだよ」って、「いや、いい、いい、いい、違う。違う」、でも、スパというね、スパという名前で、そのチ×チ×の店があるんですよ(笑)。あれもう「スパ、スパ」って書いてあって、中身ほとんどが、チ×チ×でございます(爆笑)。

で、その店に入って、……今日、ボク、ずっと下ネタなんで(爆笑)。もう、辛かったら出て行っても大丈夫ですからね(笑)。それで一回入ったんですよ。「普通のスパだろうな」と思って、「……でも、マッサージだろうな」と思って入ったんですよ(笑)。

そしたら、「横になってください」って言って、それで、ダブダブの半ズボンを渡されて、あとは全部裸で、それでマッサージして……。最初は、これ肩をこうやって揉んでくれてね。うつぶせで寝ていますよね。それで、背中やって、ケツやって、足をやって、そうやって30分ぐらいやったら、……反対向きにひっくり返されて……、ああ、このあいだ、この言葉を覚えたんだけどなぁ(爆笑)。

……ああ、もういいや、何だっけ、天井を見るほうの状態になって（笑）、それで……（爆笑）、分かればイイね、分かるでしょう？　伝わればいいんですよ（笑）。気持ちですからねぇ、何事も（笑）。

今度は肩を揉んで、首の付け根をグッとやって、で、また、（仰向け側の）太腿を親指で押したりなんかする。こうやってやってると、たまに、ツンと（股の）真ん中を触るんですよ（笑）。

「うーん（太腿のマッサージの所作）、ツン（真ん中を指で触る所作）、うーん（太腿のマッサージの所作）、ツン、ツツン、ツン（真ん中を指で触る所作）」（爆笑）

段々、真ん中のツンが多くなってきてねぇ。こっちも、やっぱ若いですからねぇ……、息子も起き上がりますよ（笑）。そうしたら、「何、これ？」みたいな顔をしやがってね。

「ナニコレ？」

「なんだか、分かんねぇなぁ」

って、そこでヘンなプレーが始まって、

「なんだか分からねぇな」

「ドウスル？」

プラス幾らで、どうのこうのって言うから、

「ああ、いらない、いらねぇ」

　そうしたら、

「デテケ」

　って、なっちゃうんですよ。「普通のマッサージだけだったら、私はやんない」と言う。「そっちのマッサージがついてないと、私はやんない」と、……そういったね、お店なんですよ、……どこ行っても、大体そうらしいんですよ（笑）。また、日本人っていうと、すぐにそういうふうになっちゃうんすかね。

　ベトナムは、Ｗｉ－Ｆｉが通じたんですよ。Ｗｉ－Ｆｉっての知ってますか（笑）？　機械の（笑）、……あの、携帯の電波の奴、……なんか、世界的に使える電波ですよ（爆笑）。ボク、携帯とかそういう機械苦手なんでね。分かんないから、一応時計代わりにポケットには携帯入ってるけど……、もう、あとの３人がね、店に入った瞬間に、もう携帯を見てずっと、

「（扇子をかざして）Ｗｉ－Ｆｉは？　Ｗｉ－Ｆｉ、Ｗｉ－Ｆｉ、Ｗｉ－Ｆｉ、飛んでる？」（爆笑）

　って、バカの一つ覚えみたいに、

「（扇子をかざして）Ｗｉ－Ｆｉ、飛んでる？　Ｗｉ－Ｆｉ、飛んでる？」（爆笑）

　で、店員を呼んで、ボクは「コーラ」って頼んだ。一応ね、同期とは言ってい

ますけれど、香盤［*6］というかねぇ、上下関係は少なからずあるんですよ。で、一番先輩なんですよ、あたしは、歳は若いけど。で、一番先輩のボクが、「コーラ」って言ってるんだから、だから、店員呼んだら、「コーラ」ってオーダー入れればイイのに……、で、店員さんを呼んで、

「Wi-Fiのパスワード何ですか？」

で、パスワード訊き出して、ズーッと下向いて携帯の操作をしてるの（笑）。ずっと、携帯を弄《いじ》っていて、それでボクが、

「これから、どこ行く？」

「（顔を上げずに、携帯の操作を続けて）……そうですね、兄《あに》さん、決めてイイですよ」（爆笑）

「……オレ、公園に行きたいんだけど……」（笑）

「（下を向いたまま）……あぁ、じゃぁ、30分ぐらい待ってますから、行ってきてイイすよ」（爆笑）

なんなの、これ？　――というよね（笑）、1人っきりなんですよ。ずぅーっと4人で居る筈なのが、独りぼっちにさせられる（爆笑）。ずぅーっと携帯を弄っている。で、まぁ、次行く場所とか、美味しいゴハンとかを調べてくれていると思うじゃないですか、そうしたら違うんですよ。……ツイッターをやってるん

［＊6］香盤……元は歌舞伎などの出演順。落語界では身分の序列を表す基準、階級のこと。通例は入門順で決定する。

ですよ（爆笑・拍手）。……松之丞（爆笑）、バカですよ。ツイッターをしかも、iPadって、大っきいiPhoneですよ（扇子を広げる・爆笑拍手）。……あれぇ？　扇子は便利ですね、これね（笑）。それを腕に乗せるように持つんですよ。こう持って、ツイッターしてね。

やっぱりボクはねぇ、信用してますから、信頼がありますから、ツイッターでお店の人気のランキングみたいのを調べてくれているのかな？　と、思って、「どこが1位だった？」

「……そうですね、まぁ、鯉八の人気が1位ですね」（爆笑）

違うんですよ。フォロワー数とかを見ているんですよ（笑）。ねぇ、頭おかしい。

それでね、自分の名前でする奴［＊7］があるじゃないですか？　ほら、「#松之丞」とか、「#小痴楽」ってやると、悪口とかバッと出るんですよ（爆笑）。その悪口見て、ニヤニヤニヤニヤしているんですよ（笑）。

「こんだけ悪口があるってことは、ボクも人気が出てきたってことだな」（爆笑）「うるせぇ！　この野郎」（爆笑）

「死なねぇかなぁ」と思ったりなんかして……（笑）。

で、メコンデルタ。メコン川の「リアル・ジャングル・クルーズ」ですよ。

［＊7］自分の名前でする奴……エゴサーチのこと。

……「ジャングル・クルーズ」って知っていますかね？　ボクは、知らないんすけどね（笑）。あの3人が、「リアル・ジャングル・クルーズだ」って言ったから、多分そう言えば通じんのかなぁって（爆笑）、「リアル・ジャングル・クルーズ」ですよ。

川がねぇ、凄い汚い……、浸かった瞬間に、もう死んじゃうような（爆笑）、落ちたら負けというようなね。そういったメコン川で、船漕いでね。ワーッと行って、……そこでもですよ、鯉八が、

「Wi－Fi、飛んでるかな？　ここ、Wi－Fi！」（爆笑・拍手）

1軒、民家みたいなところに、テレビがあったんで、電波があるんじゃないかってね。その家に近づいて、（腕を伸ばして電波を探す所作）ずぅーっとこうやって、Wi－Fiを探しているんですよ（爆笑）。

ほいで、あそこには、「刺されたら死んじゃうよ」っていう蚊が居るんですよ。マラリアとか、何とかね。ずっとアイツが、「Wi－Fi、飛んでる？　Wi－Fi、飛んでる？」って言ってる周りを、ずぅーっとデス・モスキートが飛んでいるんですよ（爆笑）。「Wi－Fiの前に、おまえ、蚊が飛んでるぞ」ってね。何なんだろう、飛んでるものを見るのが違《ちげ》ぇんじゃないかなって（笑）、……頭悪いですよね（笑）。

でね、鯉八さんが刺されてね。３、４ヶ所刺されて帰って来たんでね。ですから、今日出番あったんで、アレですけれどもね。１週間後には、アハハ……（笑）、死亡《これ》してんじゃないかなって（爆笑）、もう、それが楽しみで、今は居ても立っても居られないような状況でね（笑）。

　またね、さっきのね、スパでもね、やっぱりおっかないですよね。また掏摸《すり》も見たんですよ、目の前で。目の前で、

「アゥッ！」

　って、言って。もうね、ハゲ散らかした白人の人が盗られちゃって、それでもって、「アワワワワ」って言ってんですよ。一応、ちょっと追っかけるんですけど、向こうはバイクでね。ひったくってワァーッと行っちゃっているから、追いつかないいんですけど、……なんだね、これ、仕方で演《や》んないと面白くないんで、あの、仕方で演っても面白くないかも知れないけれど、一応演ってみていいですかね（拍手）。（立ち上がって）はい、その白人の真似ですよ（爆笑）。盗られるじゃないですか、盗られたら、「アッ！」って言って、（高座を駆け回る）追っかけるんですけれど、追っかけ方が、（コミカルな走り方を披露する）こんな感じなんですよ（爆笑）。いや、これ実際に見なきゃ面白くないよねぇ（爆笑・拍手）。なんかねぇ、面白かったんで、演ってみたかったんだけど、……昨日の会場は、小

っちゃかったんで、これ出来なかったんです（笑）。今日は出来るかなって思ってね。もう、時間も時間なんで、落語を演りたいなと思います（爆笑）。はい。そういったところとは、一切関係ない古典落語でお付き合いを願いたいと（爆笑）、思う訳でございますけども……。

草食男子というあの言葉はね、作った人が昔のライターさんだったそうでね。２００６年前後ぐらいに、ライターさんが、パパッと書いたら、それがなんか流行ったというような、……まぁ、女の人に自分からガツガツいかない人間のことを、草食男子と言うんだそうで、反対が肉食男子ですか？　肉を食うようにガツガツ行くという。また中には、ロールキャベツ男子というのがあるので（笑）、「何だ、それ？」って、訊いてみたらね、一見草食男子っぽくて、女の人も安心して、ちょっと砕けて喋ると。で、「来たなぁ」と思ったら、ガブッて食ってやろうという、そういった人のことを、ロールキャベツ男子というんだそうですよ（笑）。……無理がありますね（爆笑）。「誰が作ったんだろうな」というもんでございますけども、そういうふうにやっぱり日本人は草食系というふうに見られたりなんかするんじゃないかな。でも、これはもうしょうがないことでね。草食系とか、肉食とか、そういう分ける日本人の文化がそうなんすよ。

仕事にしてもね、何か仕事あったら、「（手を挙げて）ああ、俺やる！　俺や

る！　俺やる！」なんていう日本人、あんまり居ないですからね。やっぱり、お国柄なんですよ。話が来るのを待つというね。そういった奥ゆかしいという、……それが日本人のね、イイところですよ。反対にね、アメリカ人とかイタリア人とか、凄い。イタリア文化で女性を見つけたら、ナンパ、声かけないと、ナンパをしないと失礼に当たるという、そういった勘違いをもよおす国でございますからね（爆笑）。もう、国の違いなんですよね。

　でもこれ生まれたときのね。もう日本語でも、言葉の由来からそうなんですよ。日本人は、オギャーと生まれて、言葉を教えてもらったら、「あいうえおかきくけこ」で、50音を覚えるじゃないですか？　まず最初に、愛《あい》を覚えるんですね。イイですね、「愛」を覚える。

　でもって、アメリカ人はね、違いますからね。Ｉ《あい》の前にＨ《エッチ》が来ますからね（笑）。ですからね、欧米《あっち》はね、Ｈが先に来るんですよ。またね、Ｈ、Ｉで、そのあとにＪＫって女子高生に行っちゃいますからね（爆笑）。直ぐに捕まっちゃうだろう。というような感じのところで、落語に入りたいなと思います（笑）。草食系の男が出てくるお話でございますけれどもね。

『宮戸川』［＊8］へ続く

［＊8］『宮戸川』……初心な半七が幼なじみのお花とひょんなことから一夜を過ごし恋に落ちる、という噺。この後夫婦になってからの後半もあるが演じ手は少ない。

小痴楽、ＳＮＳ事始め

２０１６年10月9日　渋谷ユーロライブ
渋谷らくご　『磯の鮑』のまくら

今、ハイテク化というかね、ボクもツイッターというのをやってるんですけどね、……機械が苦手なんですよ（笑）。で、アップルシリーズね。ｉＰｈｏｎｅって携帯電話と、ＭａｃＢｏｏｋ Ｐｒｏっていうパソコンがね、あるんですよ、カッコイイ奴が（笑）、……銀色でね、ちょっとリンゴを齧った跡があるだけでね（爆笑）、銀色で凄いシンプルでカッコイイんですよ
「これ、カッコイイなぁ」と、今時、もう26歳ですからねぇ、やっぱり、最先端《いまどき》ですから、うん（……笑）。だから、追いつかなきゃいけないですからね、いろんな人に。だからパソコン買おうかなと。
ＩＢＭっていうね、メーカーがあるじゃないですか？　響きが、カッコイイじゃないすか、アイ・ビー・エムって。だから、「ＩＢＭ、買う」って言ってたんですけど、友達が、「ＩＢＭは、やめたほうがイイよ」と。「何で？」ったら、

「似合わないよね、なんか内容がね」って。

なんか人間でいう脳みそみたいなのがあるらしいんですよ。よく分かんないけど、横文字の奴が……（笑）。なんかあるらしいんですよ。それで、

「それがお前には似合わないから、やめたほうがイイよ」

「ああ、そうなんだ。……何がイイかな？」

「アップルがねぇ、今、一番イイんじゃないかな。シンプルだし、お前、見た目好きだろう」

って、「これ好き」っていうので買ったんですよ。もう、買ったときはね、凄く嬉しくてね。パソコンを持てるってのは、これは嬉しいですよね。皆、持ってますからねぇ（笑）。もうね、チラッと見て、持ってなさそうな人が結構居そうね（爆笑）。あれは、カッコイイっすよ。あれで、無駄に出歩きますね。ノートパソコンというのを持ち歩くとね。また、カッコいいパソコンケースっての買ったんですよ。

それ持って、持ち歩いてね。原宿の喫茶店……、カフェってとこですか（笑）。あれに行ってねぇ。それで、「コーヒー」って、言って、いっちょ前にそのときは、「エスプレッソ」なんてこと言っちゃってね（爆笑）。それを頼んで、女の子とかね、若いのがいっぱい居るんですよ。ウジャウジャ居てね。それで、

パッと広げて、……まぁ、電源押しちゃうと、どうなっちゃうかが怖いから（爆笑）、だから電源は押さないよ（爆笑・拍手）。怖いからね。それで、カチャカチャカチャカチャやってね……、するると、皆がね、「はっ、はっ」って顔するんですよ。

あれは、快感でした。優越感というかね。「ザマアミロ、バカ」っていうようなね（爆笑）。なんか凄い幸せな気持ちになってね。それで味をしめてね、ｉＰｈｏｎｅを買ったんですよ。パソコンと同じような（性能でも）超小型《これぐらい》だって言ってね、お母さんと一緒に買いに行ってもらってね（爆笑）。面白いですよね？　いろんなアプリっていうのを、ちょこちょこしたの。あれはね、殆どとってないんですよ。で、先月にとったのがね、ＬＩＮＥというね、あの有名な奴ですよ。皆から、「会話がタダで出来る」って、言ってね（笑）。もう電話じゃない。もう、電話要らないだろうっていうようなね、ＬＩＮＥっていうのをやって、……まぁ、相手が居ないんでね。鯉八［＊1］さんしか送っていないんですよ（爆笑・拍手）。

でも、でも楽しいですよ。ＬＩＮＥは、スタンプってのがあってね、そういうのを、……皆、知ってますよね（笑）？　ツイッターとかね……、ツイッターは結構前からやってるんですよ。それまでは、同級生に、毎日、

［＊1］鯉八さん…瀧川鯉八。２００６年瀧川鯉昇に入門。２０２０年５月に真打昇進。独特の不思議な世界観を持つ創作落語で人気を獲得している。

「今日、空いてる？　今日、空いてる？　飲みに行かない？　飲みに行かない？」

って、電話を、何人かにしてたら、皆が話し合ってくれたみたいで、

「この電話は、ウザイよね」

って、いうことになって（爆笑）、

「ツイッターをやって」

って、ツイッターで、「暇？」ってやったら、誰か暇な奴が、「おいで」って言ってあげるから、それがないときは皆、忙しいってことだからって言われて、

「そうなんだ。分かった」って（笑）。それでやってたんです。でもそれ小痴楽っていう芸名でね、始めちゃったんで、お客さんが見始めて、お客さんからね。

「仕事無いんですか？」

って、来たんですよ（爆笑）。「暇？」しか書かないから、ずっと「暇？」、

「暇？」、「暇？」、「暇？」って、書いているから、

「仕事無いんですか？」

「いや、仕事のあとなんだけどな」

って、言い返したら、今度は、

「稽古したらどうですか？」

「煩《うるせ》え、この野郎」（爆笑）。

そういうね、今ね、ツイッターで、お客さんと繋がる……、これは大変に面倒くさいことですけど（爆笑）、だけど、でもね、楽しいです。やっぱりでも、たまにお客様もね、面白いこと言ってくれたりするんでね。「成程、やってて良かったなぁ」と。そのおかげで、今日ここにね、座っている訳ですからね。

『磯の鮑』［＊2］へ続く

［＊2］『磯の鮑』……おなじみ間抜けの与太郎に女郎買いの経験がないことを仲間が面白がり、吉原でモテる方法だと嘘を教えられ頓珍漢なことになるという噺。

お前、父ちゃんみたいになっちゃうよ

２０１６年３月13日　渋谷ユーロライブ
渋谷らくご『締め込み』のまくら

寄席もいろいろございます。新宿末廣亭、浅草演芸ホール、池袋演芸場、鈴本演芸場、国立演芸場と、いろいろありますけども、……まぁ、交互でやってんですよ。落語協会［＊1］と、それから落語芸術協会［＊2］。わたしが芸術協会で、おあとの師匠方、２人の師匠方は、落語協会でございましてね。吉笑さん［＊3］は、どっちも出れない協会［＊4］（爆笑）、「ざまぁ見ろ」と。そういった一門でございましてね。

ボクは、落語協会の番組を観てるんですよ。違う協会でも、「誰々に稽古をつけていただきたいな」なんて思って、ホームページを見たりするんですよ。パソコンで、パタパタパタッてやって、「この人に稽古をつけてもらいたい」と。例えば、喜多八師匠［＊5］が２時頃にお出になっているとする。そうすると、「その前に誰が出てんのかな？　どうせ行くんだったら観たい……」と。……落語家になって一番嬉しいのは、タダで落語を観られることですからね。お金払って聴

［＊1］落語協会……一般社団法人落語協会のこと。大正末期に東京の落語家たちが設立、昭和52年社団法人となる。現会長は四代目柳亭市馬。

［＊2］落語芸術協会……公益社団法人落語芸術協会のこと。昭和5年、六代目春風亭柳橋ら新作落語派たちが設立。現会長は春風亭昇太。

［＊3］吉笑さん……立川吉笑。２０１０年、六代目立川談笑に入門。二ツ目昇進が２年以内という異例な昇進をした。２０２２年ＮＨＫ新人落語大賞にて自作の創作落語で大賞受賞。２０２３年師匠から真打昇進を認められ近いうちに昇進予定。

く人がバカに見えるという感じ（爆笑）。これはもう本当に、凄く良いもんでございますねぇ。

それで、「どこから観ようかな」と見ていると、もう二ツ目の兄さんから面白い。「ああ、じゃぁ、こっから行こうかな」と思って。1時台は、「ああ、三三師匠［＊6］が出てる、観ようかな」、「ああ、喜多八師匠だ」、それで、仲入り、権太楼師匠［＊7］、で、一朝師匠［＊8］がちょっと出てきて、それで最後に誰かが……、誰でもいいです。皆、面白いから。ね？　そういう、どこに行っても、どの時間帯に行って、途中で帰って、途中で入って、途中で帰るという一番寄席の楽しい楽しみ方を、……どこで、どの時間帯にしても、楽しめるんですよ。

ところがね、……落語芸術協会はそうはいかないですよ（爆笑）。凄いもんでございましてね。もう、入ったらねぇ、どこで帰ってイイのか、分かんないぐらい（笑）。……うん、笑えないという（爆笑）、そういう落語会でございますからね。

もう本当に、落語芸術協会の寄席に来てもらいたいなと。やっぱり、木久扇師匠のラーメンなんかでもそうですよね。「不味い。不味い」って言うと、やっぱ買うじゃないですか（笑）。「面白くない。面白くない」って、言っていると来てくれんじゃないかなと（笑）。そういうね、希望があるんですよね。本当に面白

［＊4］出れない協会……〝落語立川流〟のこと。故・七代目立川談志が落語協会を脱会し設立した。都内の寄席には落語協会と落語芸術協会会員以外は出演出来ない。

［＊5］喜多八師匠……2016年に亡くなった柳家喜多八のこと。1977年十代目柳家小三治に入門、飄々とした芸風で人気を博した。

［＊6］三三師匠……柳家三三のこと。1993年十代目柳家小三治に入門。2006年真打に昇進。的確なくすぐりと鮮明な語り口で人気を得ている。

［＊7］権太楼師匠……柳家権太楼のこと。1970年、五代目柳家つばめに入門。師没後五代目小さん門下。奇妙な仕草と口調で爆笑を巻き起こしている。

くないからね（爆笑）。どれぐらい面白くない人が出てんのかってのは、是非観に来ていただきたいですね（笑）。……何てぇいうんすかね、面白くなくてもイイんですよ、別に一人、一人が面白くなくても。寄席というのは、最初から最後まで流れで、その1日で、面白かった。それが、理想型でございますからね。で、それが、出来てんのか？　って、いうと、それも出来てないというね（爆笑）。トリの前にね、いきなり大ネタを掛けたりする……（爆笑）、バカなねぇ、「本当に、頭悪いな、こいつな」っていうような、そういう師匠方が出たりとかしてね（爆笑）。そういうのを見ていたら、「この人は、バカなんだな」と、そういう楽しみ方も出来る落語芸術協会の寄席は……。落語協会では、そういうことは出来ないですからね。そういった、人をバカにするのを聴きたくなったら、落語芸術協会の寄席に来ると、どの時間帯に来ても、絶対バカが出てきますからね（爆笑）。1時台は、この人をバカにする（笑）。2時台は、この人をバカにする（笑）。トリは大バカだなぁと（爆笑）。そういった楽しみ方が出来て、……（客席を指さして）手ぇ叩いて笑っちゃいけないですよ（爆笑）。ちょっと待て（笑）！　ちょっと待って（爆笑・拍手）。

まぁ、いろんなことがね、ある訳でございますけどもね。今日、演ろうかなと思っている噺は、泥棒の出てくる噺でございましてね。

［＊8］一朝師匠……春風亭一朝のこと。1968年、五代目春風亭柳朝に入門。明るく楽し気な高座にファンも多い。弟子には『笑点』でさらに人気上昇の一之輔がいる。

泥棒と言って、パッとボクが思いつくのは、ウチの母親でございましてね（笑）何なんですかねぇ、……怖いですよ。父親が落語家［＊9］なんですよ。だから、ウチの母《かあ》ちゃんは、母親の……、ああ、違う（笑）、……緊張しちゃってんだ（笑）。ウチの母ちゃんは、落語家の嫁ってことになるんですね。

だから、大体、どの仕事が幾らぐらいかとか、そういうことを全部分かっているんですよ。寄席の割［＊10］は、「こいつは、あげる」と。大した金が入ってないからあげると。ただ、他にね、いろんなところに呼んでもらったりなんかしたら、「とりあえず持ってこい」と。

でもって、中身チェックして、「多過ぎたな」と思ったら、「私がちゃんと妥当な額をお前にあげる」からと（笑）。そういうものでございますので、ボクは自分のスケジュールを母親にも提出しているんですよ。何故かっていうと、未だにウチの父親（故人）に手合わせに来てくれる師匠方が居ますからね。そのときに、「ウチのガキがお世話になってます」と、「こないだ、どこどこ連れて行ってもらってありがとうございます」と、そういう礼も言えないのは恥ずかしいから、だから一応スケジュール管理をやるんですよ。

やっぱり二ツ目ですから、スケジュール帳が真っ白な月とかもあるんですね、恥ずかしながら。そうすっとね、呼ばれるんすよ。

［＊9］父親が落語家……父が五代目柳亭痴楽。べらんめえな語り口に古くからの江戸落語ファンが多かった。2009年逝去。

［＊10］寄席の割……寄席のギャラは5〜10日間の番組ごとの入場料収入をベースに席亭取り分を除いたあと、香盤により歩合が決められ総出演者で分ける。したがってその収入はかなり少ないと言われる。

「（母親の口調で）おい、ちょっと来い！」（爆笑）

って、いつもはねぇ、ボクのことをね、あの本名は勇仁郎と言うんですよ。いつも、

「ゆうちゃんちゃん」

って、呼ぶんですね（笑）。ゆうちゃんよりも、もっと可愛く「ちゃん」を付けようという……（笑）。一緒にご飯食べようというときは、まぁ、ボクが払わなきゃいけないんでね、ご飯食べたいと思ったら、

「ゆうちゃんちゃん、ご飯食べに行きましょう」

って、言うんすよ。するとこっちも、

「はぁ～い」

って、言って、タッタッタって階段を下りてくんすけどね。

「（巻き舌で）オイ！　勇仁郎ぅ！」（爆笑）

って、ときは、「あ、何かしくじったな」と思って、そういうときは1秒でも早く下りないと怒られちゃいますから、

「へい！」（爆笑）

って、言って、ダッタッタッタって、

「なぁに？」

って、言ったら、
「（巻き舌で）おめぇ、何だこれ？　何だこりゃぁ？」（笑）
スケジュール帳が目の前に出ているんですよ。それで、
「……ああ、スケジュール帳ですね」
「煩ぇ、このヤロウ（爆笑）、お前は……。何だこのヤロウ、何も書いてねぇ！
スケジュール帳ってのは、何か書いてあるからスケジュール帳、スケジュールを
書いてあるからスケジュール帳だ、お前。こりゃぁ、タダのノートじゃねぇか？
バカヤロウ」（爆笑）
「……すんません」（笑）
「（巻き舌で）何で、仕事が無《ね》ぇんだ？」
「……ちょっと、すいません」
「（巻き舌で）頭が高《たけ》ぇんだ、お前。座れよ」（笑）
2階は洋室ですから、テーブルがあるんすよ。で、椅子に腰掛けると、
「（巻き舌で）高ぇな、バカヤロウ、お前」（笑）
「あ、すいません」
って、言って、床に土下座ですよ（笑）。母ちゃんは上から腕組みしてて、
「何で仕事が無いんだ、お前は？」

「……ちょっと落語が面白くないから……」

「(巻き舌で) 稽古しろ！　バカヤロウ)

「はい、……そうですね……、はい、すみません」

「あとは？」

「あとは、師匠方に気が利かないから……」

「(巻き舌で) 気が利くように周りに目を配ってろ、バカヤロウ」

「……はい、そうです、はい……」

「あとは？」

ドンドン、これ、30分ぐらい言わされるんすよ (笑)。自分の悪いところを、ずっと自分の口で言わされるという (笑)。これが終わって、最後の最後に、

「(巻き舌で) お前、いい加減にしねぇと、お父さんみたいになっちゃうよ」

という決まり文句のね (笑)、こっちはそんなのにはなりたくないから、

「(土下座しながら) 気をつけます！」(爆笑・拍手)

と。そういう怖いお母さんでございましてね。

お金《あし》のことで言いますと、キャッシュカードを持って銀行行って、「もう、そろそろ振込かな」っていうときは、もう、毎日行って。それで、「入ってない。入ってない。チクショー」って、次の日に行って、「ああ、入ってる！　入って

る！　入ってる」って、言ってね。その日は下ろさないんですよ。落っことしてもいけないから。だから、ウチに帰って、「あれ、買おう。これ、買おう。あれ、買おう」とか、言ってメモして。それで、次の日、取りに行ったら0になってるんですよ（笑）。

「あれ、おかしいな？」（爆笑）

って、言って。で、種明かしすると、今、鬱陶しいのがインターネットって、キャッシュカードが無くても、暗証番号さえ知っていれば、インターネットで下ろせちゃうんですって。一個も理屈が分かんないけれど、出来ちゃう、お金取れちゃうと。まぁ、ボク、自分の暗証番号忘れちゃうから、母親に知っといてもらっているんですよ（爆笑・拍手）。それがいけなかった。

それでね、で、全部取られて、ボク、そういうのも知らないから、「お巡りさんを呼んでくれ」って（笑）、派出所に行って、「ワーワー」言って、「ちょっと交番じゃダメだから、警察署行きましょう」って、警察署行って、取り調べ室みたいなとこ入って、「……久々だな」って思いながら入って（笑）、それで、

「気が動転してるからね。実家でしょう？　今日は、お母さんを呼ぼうか？」

って、言ってもらって、お母ちゃんに電話して、

「今、警察署に居るんだけど……」

「何やったの？」（爆笑）
「そうじゃない！　そうじゃない！　盗《や》られたんだよ」（笑）
　訳を話したら、
「それ私だから（笑）、今からすぐ出なさい」
　って、言って。「ああ、身内に敵が居るんだなぁ」って思う（爆笑）。これ信用出来ない。だから、今、全財産をボクは鞄に入れてるんすよ（笑）。家を空けたりとかしますと、……自分の部屋にお金あったら、こうしてる間に、もう母親《あいつ》なんかやってるかも知れないから（爆笑）、「これかな？　これかな？」ってね、あれはおっかないですから……。本当にインターネットって、死ねばイイんですよね（爆笑・拍手）。そういうことをね、出来るようになっちゃうからね、ダメなんですよね。ただ、今日は、何か愚痴を言ってるまくらでございます（笑）。
　いろんなね、泥棒が出てくる……、まぁ、でも、噺の中に出てくる泥棒はね、そんなしっかりした本当の悪い人ってのは出てまいりません。どっかなんかね、可愛らしいもんでございますよ。何か悪さしても、如何にも直ぐに捕まっちゃいそうな、そんな泥棒ばかりがこの主役を務めることになっておりますけども……。

『締め込み』［＊11］へ続く

［＊11］『締め込み』……長屋の留守宅に入った泥棒、住人夫婦が帰ってきたので床下に隠れた。ところが泥棒の拵えた風呂敷包みが元で夫婦喧嘩が始まってしまう。

お酒飲みのお噂

2016年7月9日　渋谷ユーロライブ
渋谷らくご　『らくだ』のまくら

お酒飲みの噺を演らせていただきたいなと、思う訳でございますが……。まぁ、飲み方ってのは、人それぞれありますからね。わたしのよく覚えてるのが、ウチの落語芸術協会に、小遊三師匠、米助師匠［＊1］というこの2人がいまして、ウチの父親が噺家でね、そこと同期だったんですよ。

小っちゃい頃は、親父を迎えに行く。夜中の1時、2時に迎えに行くっていうと、

「勇仁郎、こっちへ来い！」

って、言うんでね。お母《かあ》ちゃんに連れられて、一緒に車で迎えに行ったりなんかして……。そうすると、この米助、小遊三っていうのは、お酒の飲み方が最低なんですよね（笑）。クズなんすよ、本物の（笑）。大人になって、この世界に入ってからですけどね、小遊三、円楽［＊2］、たい平［＊3］、この面子《メンツ》と福井県かど

［＊1］米助師匠……桂米助のこと。テレビタレントしては〝ヨネスケ〟として活動し「突撃！隣の晩ごはん」で有名。

［＊2］円楽……故・六代目三遊亭円楽のこと。長らく『笑点』大喜利で活躍しつつ「博多・天神落語まつり」などをプロデュースし、東西落語界並びに五代目円楽一門会を支えた。2022年逝去。

［＊3］たい平……林家たい平のこと。『笑点』大喜利では陽気なキャラで人気を得ているが、古典落語へも真摯に取り組んでいる。年末の「芝浜を聴く会」を30年近く続けていることも評価が高い。

っかに一緒に行ったんですよ。1杯飲んで、2杯飲んで、2軒目も行って、それからホテル帰ってきたら、ラウンジがまだ開いてる。「行こうじゃないか」って、「1杯だけ飲んで帰ろう」っていうんだよね。

そしたら、ちょうど新郎新婦、そこで結婚式があったんですよ。新郎新婦の新郎さんが、2次会だか、3次会だかで、そこのラウンジを使ってて、でまぁ、有名人がね、ぞろぞろ入ってきましたから、「あっ！」ってなってね。記念にというので、……向こうも気遣って、ボクが一番下だなと思って、ボクに声かけてきたんですよ。

「すいません。ちょっと写真撮りたいんですけど……、ちょっと記念に……」

「まぁ、イイと思います。訊いてみますけど、……やめたほうがイイですよ」（笑）

って、言って、

「それ、何でですか？　……いいえ、お願いします。お願いします」

「ボク、止めましたからね。そっちが撮りたいって言ったんですよ」（笑）

「お願いします」

「分かった」

って、言ってね。噺家を入れたら、案の定、もう新郎さんは写真に入れてもらえずにね、新婦さんは真ん中にドーンとやられて、それでもって乳揉まれたりとかね（爆笑）。最悪なんですよ。それをボクがパシャパシャ撮らされてね。……あれをねぇ、『フライデー』かなんかに売れればね（笑）、幾らかになるんじゃないかなと思いながらもね。

　小さいときに父を迎えに行ったりする。才賀《さいが》師匠［＊4］とかも居てね、あとウチの協会の圓雀《えんじゃく》師匠［＊5］も、……もうお亡くなりになっちゃったんですけど、圓雀師匠って人も居たんですよ、この圓雀師匠は、優しい師匠でね、ずっとニコニコニコニコしてるんですよ。

　太鼓をしくじっちゃっても、「ああ、イイよ、イイよ」って、ニコニコしてね。お茶をぶっかけちゃっても、「ああ、イイよ、イイよ」って、言うんだ（笑）。何をやっても、「イイよ」って、ずっとニコニコヘラヘラしてくれる優しい師匠でございましてね。それで、まぁ、これと飲んでるって迎えに行って、そしたらもう、小遊三師匠に見つかって、

「あっ！　ちょっと、こっちへ来い。こっち来い。勇仁郎、こっち来い」

で、まぁ、拉致されて、……大衆居酒屋ですよ。小学校低学年のボクがね、素っ裸にされて、米助師匠に羽交い締めにされて、ズボン下ろされてね、指でパチンって弾かれて、

［＊4］才賀師匠……桂才賀のこと。長らく刑務所への慰問落語の活動を続けていることで有名。

［＊5］圓雀師匠……故・五代目三遊亭圓雀のこと。１９６８年四代目三遊亭圓馬に入門、１９８３年真打昇進。五代目圓雀を襲名。２０１６年、逝去。

「こうやっとけば、大人になってから、大きくなるんだよ」（爆笑）
って、
「刺激が大事なんだ」（笑）
……嘘だったなぁと、今、思う（笑）。もう泣きながらですよ。
「やめてください。やめてください」
ですよ。もう、「やめて、やめて、助けて！」と思って圓雀師匠を見たら、
「（ニッコリして）イイよ、イイよ」（爆笑・拍手）
って、こいつが一番質《たち》悪いなと思います

『らくだ』［＊6］へ続く

［＊6］らくだ……〝らくだ〟というあだ名の乱暴者が死んだ。運悪くその長屋に来た屑屋はらくだの兄貴分に脅され、葬式を出す手伝いに奔走させられる。

こしら兄さんのお噂

2017年3月11日　渋谷ユーロライブ
渋谷らくご　『幇間腹』のまくら

御来場ありがたく御礼を申し上げます。どうですか、今の新成人［＊1］は（笑）？　楽しかったですかね。楽屋にね、かなり早い段階からいらっしゃって、わたくしが1時間前から楽屋へ入ったんすよ。そしたら、もう居てね、「何してんですか？　暇なんですか、相変わらず」（笑）

って、言ったら、

「馬るこさん［＊2］の披露目へ行ってた」

「そうですか」

って、言ってね。「いくら行っても、協会に入れてもらえないよ」と思いながらねぇ（笑）、兄《あに》さんもねぇ、「立川流［＊3］のことは一方的に落語協会が嫌ってる」って、言ってましたけどね。嫌っているのは別に落語協会だけじゃないですからね（爆笑）。「全協会、皆、嫌ってるよ」ということをね、ちゃんと肝に銘じ

［＊1］新成人……直前の出番だった立川こしらが羽織袴の恰好だったことをいじっての表現。立川こしら著『〝まくら〟で知る落語家の華麗なるITライフ』（P9参照）でもこの直前の楽屋での2人のやり取りが書かれている。

［＊2］馬るこさん……鈴々舎馬るこの真打披露パーティーが、このまくらの録音日である2017年3月11日に新宿京王プラザホテル宴会場にて行われ、大勢の落語家が招待されていた。

［＊3］立川流……故・立川談志は1983年、落語協会の会長であり師匠でもある五代目柳家小さんと真打問題で対立、その後協会を脱退し〝落語立川流〟を設立した。

ていただきたいなと思う訳でございます（笑）。

面白いですね、「披露目のパーティーに行って、傷痕を残していく」って……、「爪痕だ、バーカ」と思いながら（爆笑）。あたしに言われたら、お終いだよっていうようにね。今、笑った人を怒りますからね（笑）。怒りますからねぇ。……面白い兄さんでございますよ。

「オーストラリアに行ってたんだよ」

って、言って、……エヘへ、もう、笑っちゃいますよね。もうね、何だろう……、今日は2番手でね、「ようし、今日は落語頑張ろう」って思ってね。あの兄さんが前に出ると、なんかもう楽屋に居るだけで、何だろう、……やる気なくなる……（笑）、イイ意味でね、やる気なくなるというかね、気が抜けるというかね……。

このシブラクという落語会は、わたしは個人的に結構緊張するんすよ。あの兄さんが居ると一切緊張しないですね（笑）。

「オーストラリアに、何しに行ったんすか？」

「ポケモンＧＯ」（笑）

ってね。凄いっすよ。それでもって、さっきも言ってました。ヒューストンに行って、それでスペイン行くとね。

「スペインっすか？　じゃぁ、バルセロナ行くんすか？」

「バルセロナに行ってくる」

「サッカー観たりするんですか？　サッカー好きっすか？」

「サッカーね、俺、やるのが好きなんだよ、大好きでさぁ」

「そうなんですか？」

「ああ、リフティング6回出来るもん」（爆笑）

「……お疲れ様です」

「まだ終わってないよ。俺、これから出番だよ」

って、

「煩《うるせ》ぇ！　このヤロウ」（爆笑）

面白い兄さんですよ、本当にね。で、ヒューストンねぇ、

「バスケありますよね」

って、言ったら、

「俺、バスケ好きだよ」

って、……もう子供と一緒ですよね（笑）。知らないとか、嫌いとか言わないですね。もう全部肯定するんですよね。まず入ってくるんすよ。ポケモンGOでね、行ってくると……。

そういう人たちが、兄さんみたいな人が、日本からパッと行ってね、ポケモン大好きというね、マニアの人たちが100万人でも行ったら、やっぱ国から金落ちるんすかね？　ポケモンGOに国からね、どうだ、オーストラリア、何県だ（笑）？　いけない県じゃねぇ、オーストラリアか、……オーストラリアはオーストラリアだねぇ。アメリカじゃねぇか（笑）。いや、日本以外は、全部アメリカと思ってるからね（爆笑）。

オーストラリアからね、「ポケモン、ありがとう」って言って、お金《あし》もらえんのかなっつって、そういう話をしたね、

「金くれるのかな」

「くれないよ、そんなの。俺、1人ぐらい行ったたって」

「いやいや、兄さんが1人ならあれですけれど、まぁ、『ゴミも積もれば』って言うじゃないすか」（爆笑）

「チリだよ！」（爆笑）

って、言ったら、

「いや、ゴミじゃないすか？」

「煩《うるせ》ぇよ。真打だよ」（笑）

「何、言ってんすか？（お金が）出ないんですかねぇ？」

「出ない」
と、兄さんが1人行っても、
「100万人も居ないよ、そんなの……。20人ぐらいだよ」
って、言った。「あ～」と思ってねぇ。日本に20人も、そんなバカ居るんだな
と思ってね（爆笑・拍手）。そんなの、お前《めえ》1人だろうと思いながらね。
……エヘへ、（舞台袖を指さしながら）こんだけ言っても怒らないからねぇ、多
分……、アッハッハ、エへへ。
（舞台袖よりこしらの声）「こらぁ！」
「ウワァー！」（爆笑・拍手）
本当にびっくりした（爆笑）。そう、ずっと袖《そこ》に居るのね（笑）。普通ねぇ、楽
屋帰って着替えて、もう、帰りますよ。居るのね？　びっくりした。本当にね。
早くスーツに着替えればいいのにね（笑）。どっちも新成人みたいだから（笑）、
アハハ、何を着ても新成人だね（笑）。
ポケモンを捕まえるのはイイですけれども、「面白いな」と思いながらもね。
やっぱり、もう、やっぱ好きですよ。ねぇ、何か伸縮自在ですよね、落語がね。
あれは落語と言うか、言わないかは、置いておいて（爆笑）、……議論は置いと
いて、伸縮自在ですよね。

あと、わさび兄さん［*4］です、このあとね。わさび兄さんも楽屋に入っていて。……昨日、わたしね、ネタおろしで『花見の仇討』［*5］という、この季節モンですから、ネタおろしして、やっぱり自分でも、どう詰めたらいいんだろう？　噺を短くしたらいいんだろうな？　なんていう相談を、わさび兄さんにして……。わさび兄さん、凄い優しいですよ。優しいし、教え方というか、伝え方が上手い、凄いですよ。

「どうやって、(噺を)詰めるの？　ボク、編集能力無いから……」

「そんなものは大丈夫だよ。俺もよくそんなには知らないけど、俺はね、絵を描くの好きだから、一つの噺を4コマ漫画とかにしてみるんだ。『花見の仇討』だったら、『何か、趣向がねぇかなぁ』、『何かやろうぜ』、「(拳を振り上げる)イエーイ、よし、やろう』で、1コマ終わるよ。それで2コマ目で、『こんな感じで(殺陣を)やるんだ』、『よし、分かった』、『お前、あれだよ』、『また明日ね』と、それで3コマ目で集まってチャンチャンバラバラ、4コマ目で、『侍が来た。逃げろー』って、これで、もうこの噺になるじゃない」

って、言って、

「それだけ大事なところは、4コマだけだから、そこを自分なりに考えたらイイんじゃないか」

［＊4］わさび兄さん……柳家わさびのこと。日大芸術学部・落語研究会では春風亭一之輔の後輩。2019年真打昇進。

［＊5］『花見の仇討』……花見に出かけるにも趣向を凝らして群衆をわっと沸かせたい江戸っ子4人組。かたき討ちの芝居を考えたが実際はなかなかうまくいかないという演目。

……勉強になるでしょう（笑）。こしら兄さんと喋っても、こんな話題にならないですよ（爆笑）。

「『花見の仇討』演ってんですよ」

「えー！　何そのネタ、面白そう！　演ってみたぁい」（爆笑）

……ね？　好きだなぁ、本当に。……面白いですよ。こしら兄さんはねぇ、もう根っからの正真正銘の詐欺師ですからね（爆笑・拍手）。もう、楽屋に入って来た瞬間ですよ、

「（こしらの口調で）あ、小痴楽さぁん」─

あの笑顔がねぇ、もう騙されちゃいけないですね（笑）。

さっきもなんか言ってましたよ。「御来場ありがたく……」って、あの笑顔、……あれ嘘だから（爆笑）。

「ね、小痴楽さん、久しぶりだね」

って、こっちは嬉しくなっちゃいますよ。でも、もう、「ハマっちゃいけない」って、分かってても、やっぱりハマっちゃうんですよ（笑）。だから、お腹は絶対押さえておかないとと思って（笑）。肝だけは押さえとかないとと思って、

「こしら師匠、久しぶりです、御無沙汰です」

「やぁ、評判だよ……」

って、誉めてくれて。それで、「危ない。危ない。危ない。危ない。聞くな。聞くな。聞くな」って、思ってね（爆笑）。絶対にね、相手を離さないですよ。

凄いですよ。こういったものを商売にしている人は、居ますな。幇間《たいこもち》という人でございます。持ち上げて、持ち上げてというね、……表面だけじゃないですね。上っ面じゃないですよ。こないだ上方の笑助兄さん［*6］という方に呼んでいただいて、山形へ連れて行ってもらった。そのときに居た、円楽一門会の兄さんもねぇ、もう、凄いね。相手を離さない。でも、何ターン分かは、一つの会話。自分の興味の無い会話にも、何ターン分かは知識を入れるって言うんですよ。そしたら、その人と、何ターンもラリーしたら、……会話が続く。その人と繋がれるという。これもね、表面だけであれば、「上っ面だなぁ、コイツ」って思うんですけどね。それはちゃんと何ターンも続けられれば、それでこっちが一切興味ない……、例えば車の話する。こっちは一切車なんてね、興味ないですよ。もう原付で7回（試験を）落っこっているくらいですから（爆笑）。もう、運転免許をとる気はないですよ（笑）。「なんだ車ってのは、バカヤロウ」ってなもんですよ（爆笑）。

だけども、ちょっと、

「あの車、カッコイイな」

［＊6］笑助兄さん……笑福亭笑助のこと。吉本興業所属、〝山形住みます芸人〟として２０１４年から４年間ほど山形を拠点に東北で活動した。現在は大阪で活躍。

って、言うと、

「あれはねぇ、ナニナニっていってねぇ……」

「……へぇ、そうなんですか」

それで、こっちはね、もうシャットアウトしても、

「あのタイヤがねぇ……」

って、言って。それが、何ターンも言ってくれるんですよ。そしたら、こっちも、知識くれるから、凄《すげ》ぇなってなるんですよ。

オレはねぇ、そこまで行くともうね、もう落語家を辞めて十分ですよ（……笑）。もうね、「落語の才能が無いんだから、そっちへ行きな」と、言いたくなるような。……こういうこと言うのやめよう（爆笑）。凄いですよ。そういう人たちが、まぁ、幇間というものでございます。

で、まぁ、幇間は、イエスマンでも、もう相手を離さないですから。そういうのを相手にするのが、大家の若旦那ってねぇ。親の脛をかじるだけかじって、なお歯が丈夫という……立派な歯の持ち主。こういうのが相手にする訳でございます。

『幇間腹』［*7］へ続く

［*7］『幇間腹』……幇間の一八は若旦那に呼ばれて座敷へ来た。すると若旦那は「鍼治療を始めたからお前の腹に鍼を打つ」と言う。可哀そうな一八の運命は？

知らない言葉、使っちゃいけない言葉

2017年5月16日　渋谷ユーロライブ
渋谷らくご　『粗忽長屋』のまくら

御来場でありがたく御礼を申し上げます。開口一番、柳亭小痴楽と申しまして、一席お付き合いを願っておりますけども……。

分からない言葉ってのはね、わたくしは数多くございましてね。こないだ仲間内と、旅に行って、ちょっとなんかね、皆で、ワチャワチャ盛り上がってるところで、ちょっとぽっとね、

「それ、近《ちか》しみを感じますね」

って、言ったんですよ。したら、全員が一気に、……さっきまでケラケラ笑っていた連中が、「ん?」ってなって……（笑）、で、こっちも、「ん?」ってなって、

「近しみ、近しみ……、え?　どういう意味?」

って、訊いてきて、

「近しみ……、何か近く感じる……」(笑)

「……字はどう書くの?」(笑)

「……だから、近いって字に、しみ……」

って(笑)、

「……無いよ」(笑)

「いやぁ、……ありますよ」

こっちも、知らないけど……、だけどもねぇ、なんか、そのとき言い返したくなっちゃって、反抗したくなっちゃって、

「ありますよ」

って、……(他は)全員、先輩でね。

「いや、無いよ」

って、言っていて、

「ありますよ」

って、

「いや、無いよ。俺、大学行ってるから」

「だから、なんだよ(爆笑)! 中卒舐めんじゃねぇよ、このヤロウ。だから、あるよ(笑)。オレ、使っているもん」

「お前が使っているだけで、無いんだよ」（笑）

「煩《うるせ》え、あるよ！」

「無い。本当に、無いって……」

で、今、一番腹立つ行動が、そんな中で揉めたときに、携帯を出すんすよ。

「あるよ」

「無いよ。（スマホを見せて）ほーらぁ」（笑）

イラァ～ッとしてねぇ、

「何、携帯出してんだよ」

って、なっちゃって、

「何だよ、そりゃぁ、出すよ。だって、俺、正解を知らないといけないから……」

「いや、あるんだって……、そっち、30年間か、40年間か、たかだか生きただけで、それで喋ったことないからって、世の中に無いと思うなよ」

とか言っちゃって、言い返しちゃって（笑）、

「お前、28年間じゃん」（笑）

「ああ、確かに負けた」と、思ってね（爆笑）。どうしようと思ってね。

こっちも、いろいろ考えたら、「ちかしむ」という読み方はあるんですよね。

「親」という字で「ちか」ね、成親《なりちか》とかね、何とかの成親とか、昔の武将が居ますけど、……で、「ちか」まで読むみたいでね。「しみ」の送り仮名というので、「親しみ」というのが……、字はあるんですよ。

　だから、半分正解なんですけど、いくら携帯で調べても、意味が書いてないんですよ。「親しみ」までね、漢字までは出るんだけども、その由来、意味とかそういうのは、一切出てこないんですよ。だから、あるのかないのか、グレーゾーンというところで（笑）、それで大阪を後にしてきたんですけどね。

　地方まで行って、そんな言い合いして帰ってくるのも嫌だなと思ってね。でも、最近勉強になったのがね、下ネタと捉えるのかどうか、これはね、お客様によりけりでございますけども、男性と女性のね、あのう……器《うつわ》。男性器、女性器、……あれねぇ、チンコ、……ンンコという（笑）、……何なんすかね？　あの、チンコまでは、イイじゃないですか（笑）？　ダメなのかな（爆笑）？　テレビやね、ピーとか言っていて、なんか濁らせていますけれども、普通に喋っていて、「チンコがさぁ」とか言うじゃないすか（……笑）？　あのう、いや、笑っている人は、ちょっとお高くとまってるだけで、言ってるでしょう（爆笑）。

「（男性の声音で）こないだチンコがさぁ」

「（女性の声音で）へぇ、そうなんだ、チンコが……」（笑）

って、こういう会話が、あるじゃないですか（爆笑）。男女どっちにしろね？　今のは、落語っぽいでしょ？　どっちも仕方で、男性と女性を演じ分けるという……（爆笑）。これはね、このあとの柳家と古今亭には出来ない芸だから（爆笑・拍手）。アッハッハッハ。

チンコまでは、イイけど、……何ですかね、あの女性器のことはね、何か言っちゃいけない空気……。「ま」でいくと、（口に指を当てて黙らせる所作）という、「その先は、言うなよ。野暮だぞ」みたいな空気でね。

で、今まで濁していましたけれど、このあいだ、ちょっと本を読んでたら、……何の本を読んだか覚えてないですけど（笑）、読んでたら、あの由来というのがあってね。その、女性のあれは、「万人の子を産むように」という、そういう意味で、×んこってあるんですね（笑）。だから言うと引かれる気がするから、ちゃんと×にしてるけど、言ったっていいんだから（爆笑）。こっちはイイんだから、捨てるものは何も無いんだから（笑）。

で、チンコってのは、あれは「チンポコ」なんだそうですよ（笑）。……えへへ、（客席に）好き（爆笑）？　エッヘッヘッへ、「チンポコ」なんだそうです。これは天皇様がね、必ず鉾《ほこ》を持ってる。それで、自分のことを、「朕《ちん》は」って言うじゃないすか。それで、「朕鉾《ちんほこ》」なんだそうですよ。これ、知っている人居ました？　……ほら来た（笑）、中卒が勝った（爆笑）。これ本当なんだそうですよ。読んだ本は、多分書いてる人はちゃんとした人だろうから、多分本当のことだと思うんですよ。

　ということで、こないだ大阪に行く新幹線で仲間内と、

「だから今まで。『チンコ、×ンコ』と言うと、ちょっと悪いみたいな感じだけども、イイんだ。ちゃんとした意味があんだから。これしかもね、『万人の子供を産むように』って、これ素晴らしい言葉じゃないか。これからは声を大にして言っていこうよ」

　って、言って、それで仲間内も、

「……そういう意味だったんですか。これは本当に勉強になりますね」

「だろう？　だからイイんだよ。チンコ、×ンコ」

　って、話したら、うしろの人が、

「煩《うるせ》えっ！」（爆笑）

「やっぱりいけないんだな」と思って、勉強になったなぁ（笑）。

　そそっかしい人間ってのが居ますよ。気が短くて、そそっかしい人。気が長くて、そそっかしい人ってのも居てね。わたしに弟弟子が2人居るんです。一番上がわたしでね、その次が明楽《めいらく》［*1］という、明るいに楽しいと書いて明楽という

［*1］明楽……柳亭明楽。2009年柳亭楽輔に入門、2023年真打昇進。

……、非常に根暗な男の子がいまして（笑）。この下に、楽ちん［＊2］という、楽しいにちんが平仮名で楽ちんというのが、この3兄弟でございましてね。

明楽さんとわたくしは中卒なんです。楽ちんさんは大卒なんです。慶應義塾大学ってのを出ておりましてね。「こんな大学出て噺家になるってのはバカだな」と思いながらもね（笑）。親不孝者《もん》でございましてね。でも、ウチの師匠［＊3］からね、絶大の信頼があるんですよ。

「（楽輔師匠の口調で）明楽も小痴楽も中卒だ。で、やっぱバカだ。だからダメだ（笑）。楽ちん、お前だけは大学出てるな」

って、「お前は、好きだ」みたいなことを言っていて（爆笑）、こんな、ハッキリ言うんだね（笑）。新年会でね、師匠と弟子3人の四人《よったり》で、ご飯を食べてんのに、「そういうこと言うんだ」と思ってね（笑）。「そのあとの空気とか分かんないのかな」と思いながらね（笑）。「好きだ、お前は」って、言っていて。でね、師匠から絶大の信頼があるんですけど、このあいだ、しくじりましてね。その楽ちんさんってのが……。嬉しいっすよ（爆笑）。人の不幸は最高ですからね（爆笑）。それで頭を丸坊主にしていて、

「何した、それ？」

「ちょっとやらかして、師匠を」

［＊2］楽ちん……現・柳亭信楽（しがらき）のこと。２０１４年柳亭楽輔に入門、現在二ツ目。

［＊3］ウチの師匠……柳亭楽輔のこと。１９７２年四代目柳亭痴楽に入門、１９８７年真打になる。ちなみに小痴楽の父は五代目痴楽。

「何、やったの？」

「ええ、ツムツム、……ゲームやってたんですよ」

前座がゲームなんて……、今、あれデータで出ちゃうんすよね。何ポイント取った、この人は。ハート要りますか？　てね、出ちゃうんすね。そのゲームは携帯に繋がってる奴で、うっとしい機械で（笑）、

「それで師匠に、バレちゃったんだ。前座がゲームなんて良くないからね」

「ええ、そこまではまだ良かったんですよ。

『お前も遊《や》ってんのか？』

だったんですよ。

『俺も遊ってんだ』

って、ニコニコっと喋っちゃうんすよ」

「そうなんだ。どうしたの？」

「ええ、たまたま、ちょっと師匠よりもポイント勝っちゃって、そういうデータが出ちゃって、それで、

『師匠を超えるとは何事だ。クビだ』

という一言が来ちゃって」（笑）

「……気ぃ小っちゃ」と思ってね（爆笑）。「何やってんだ？　ウチの師匠」と思

ってね。

　ウチのお弟子の明楽のほうもね、そそっかしくてね。結構前でございますけども、一緒に仕事をし終わって、で、終電間近でね。一杯飲みたいけど、もう電車もなくなっちゃう。皆にね、車代出す現金《おあし》も、こっちもないから、「いいや、じゃあ、やめようか、帰ろうか？」

　したら、明楽が、

「兄さん、今日、僕、車で来てるので、兄さん、皆を連れて行ってイイですよ。全員、送ってきますから」

「そういうことしてくれるの？　じゃぁねえ、車1台分で足りるから、頼むわ」って、「やってくれよ」って、それでご飯食べて、いっぱい飲んで、それで2時、3時、

「出ようか？　明楽、頼むぞ」

「へい、分かりました、こっちです」

　浅草の駐車場行って、駐車場のところで、

「ちょっと待ってください。……あれ、あれ、あれ」（笑）

「どうしたの？」

「無い……」

「何が？」

「車が……」

「何、言ってんだ、お前。何で無いんだよ。停めたんじゃないの？」

「でも無い」

「無い訳ねぇだろ？　駐車場に停めてんだから、……別のとこじゃないの？」

「あっ、かも知れません。じゃぁ、隣に行きましょう」

別のところへ行って、

「ちょっと待ってください。……あれぇ～、あれぇ～」（笑）

「どうしたの？」

「無いぃ～」

「また無《ね》ぇのかよ。じゃぁ、もう一軒隣じゃねぇの？」

別のところへ行って、3軒、4軒、5軒ぐらいね、虱潰《しらみつぶ》しに行って、結局。

「無い、無い、無い」、車が無い。

「どうすんだよ？」

「すいません。僕が捜して帰るんで、兄さん、タクシーで帰ってください」（爆笑）

「バカヤロウ！　手前《てめぇ》！　それが出来ねぇから、引っ張ったんだろう。このヤロ

ウ。捜せ！　死に物狂いで捜せ！」（爆笑）

「分かりましたぁ！　最初のところ、もう一回行っていいですか？」

　結局、最初のところにあったんです（爆笑）。

「何で、無いって最初に言ったんだよ？」

「すいません、昨日まで黒色の車に乗っていて、今日、車替えて白色になったんです」

　自分の車を色で判断してんですよ（爆笑）。居ます？　そんな奴。「バカだな」と思ったらね。そそっかしいを超えて、もうバカでございましてね。そういった人間が出てくると、噺の幕開けでございますけれども。

『粗忽長屋』［＊4］へ続く

［＊4］『粗忽長屋』……慌て者の江戸っ子が浅草で行倒れの死人を見かけ「こいつは隣に住んでいる熊の野郎だ」と言い出した。ところがその熊は長屋で元気だ。そしてこの男たちがとんでもない行動に出る。

噺家って、人の死を重く考えない

２０１８年7月16日　渋谷ユーロライブ
渋谷らくご『岸柳島』のまくら

いろんな〝しくじり〟がございますけども、わたしも、多《よ》くしくじっている人間でございまして、数を数えきれないですね。ウチの業界の歌丸師匠［＊1］が、こないだ晴れて……、晴れてじゃない（笑）、めでたくじゃなくてね（爆笑）、ご愁傷様な感じになりましたけども、本当に、歌丸師匠はしくじり倒しましてね。

いろんなところへ連れてってくれるんすよ。そういうところに脇で連れて行ってもらって、地方に行かせてもらって、小三治師匠［＊2］と歌丸師匠の会、……九州で、わたしが付き人で、鞄持ちで行かせていただいて、泊まりでね。

朝起きて、起きた時間が、集合時間を過ぎてましたかね（笑）。そうしたら、歌丸師匠がね、「ピンポン！　ピンポン！」って、まだ歩けるときで、ヨチヨチで、杖ついて（扇子を杖に見立てて）、ピンポン、ピンポンって、「ちぃ坊［＊3］、起きてくれ。小三治さんが待ってるから、起きてくれ」

［＊1］歌丸師匠……故・桂歌丸のこと。『笑点』大喜利メンバーまた司会者として長らく活躍し、晩年は圓朝作品の口演にも取り組んだ。２０１８年逝去。

［＊2］小三治師匠……故・十代目柳家小三治のこと。１９５９年五代目柳家小さんに入門し、１９６９年抜擢真打で十代目小三治を襲名、柳家の本寸法の芸を磨き上げた。前の落語協会会長を長く務め、またその独特なまくらの内容は書籍化され評判となった。２０２１年逝去。

［＊3］ちぃ坊……先輩方から小痴楽への親しみを込めた呼び名。父親が落語家だったことで子供の頃から多くの落語家との交流があったからであろう。

って、言って（笑）、
「ああっ、どうもどうも、すすす、すいません」（爆笑）
って、バスの中入ってね、……そうしたら小三治師匠が、
「〝柳《やなぎ》〟に〝亭《てい》〟で良かったね？」（爆笑）
って、言ってね。
「はい、そうですね」（笑）
って、しくじるというような、……いろんなことをしくじりましてね。
まぁ、だいたい師匠方っていうのは茶目っ気がございましてね。歌丸師匠もそうでございますよ。関内ホールという横浜のほうに、ホールがあってね、3階が楽屋で、2階が舞台で、1階がもちろん出口ってことでね。歌丸師匠の出番前になって、わたしが、
「はい、師匠、こちらでございます。はい、ええ、ええ」
って、言って、それでエレベーターの中で、ボタンをポチっと押して、……そうしたら間違えて1階を押しちゃったんですよ。歌丸師匠、気づいているんですよ。気づかないふりして、ずうっと杖をついて、ボタン見ながら、（すまし顔）……（爆笑）。そうしたら、こっちは言ってくれないと、分からないからね（笑）。チーンと開いて、

真打昇進秘話

2018年10月12日　渋谷ユーロライブ
渋谷らくご『金明竹』のまくら

一昨日、小遊三師匠と扇遊《せんゆう》師匠［＊1］と、橘之助《きつのすけ》師匠［＊2］と旅に行ってきました。北海道に行ってきたんですよ。それで、小遊三師匠、落語会が終わって、「ちょっと小一時間飲もうじゃないか」と、結局3時間ぐらい飲んだんですけど(笑)、でもねぇ、まぁ、誘ってくれて、皆で飲み行ったんですよ。

そのときの会話がね、小遊三師匠が談志師匠［＊3］の思い出話をずっとしてましてね。やっぱり、そういう今ねぇ、そういう……、何だろう、破天荒というか、自分さえよければというか(笑)、そういう人は居ないですね。やっぱり師匠方でも、前座さんにまで、凄い気を遣う。……ただ気を遣ってるんじゃなくて、嫌われたくないから、気遣ってるような、なんか嫌らしい真打が多い中ねぇ(笑)、談志師匠はね、凄く気持ちが良いですね。話を聞いててね。

小遊三師匠が『笑点』［＊4］の収録の第1回目のときですよ。前日、談志師匠

［＊1］扇遊師匠……入船亭扇遊のこと。1972年九代目入船亭扇橋に入門。1985年に真打、明るい芸風で人気を得ている。現在、落語協会常任理事。

［＊2］橘之助師匠……二代目立花家橘之助のこと。1979年三代目三遊亭圓歌にスカウトされ入門。三味線漫談で活動を始め、1992年からは初代三遊亭小円歌として活躍、2017年二代目立花家橘之助を襲名した。

［＊3］談志師匠……七代目立川談志。1952年五代目柳家小さんに入門。1963年真打に昇進し七代目立川談志を襲名。天才落語家として自他ともに認める存在だった。テレビを始めとするメディアへの対応力もあり、また古今東西の

より、「（談志の口調で）ぁぁ、今から来い」

って、呼び出されて、それで師匠の家の下のバーで、

「飲め」

ってね。で、バーに「ちょっと電話貸してくれ」って頼んで、上の階におかみさんが居る。おかみさんに電話して、

「今、小遊三と下で飲んでんだ。睡眠薬持ってこい」（笑）

小遊三師匠が、「うわぁ～」って言って、……だから睡眠薬と酒を飲まされて、それで次の日の収録を「抜け」[*5]っていうことなんですよ（笑）、多分ね。何にも、面白くないでしょう？　これ、面白いのは談志師匠だけですよ。

「抜いたぁ！」って、笑っているだけですよ（爆笑）。そういう遊びをね、悪戯っ子らしくてね。それをやられている小遊三師匠が、

「いやぁ～、悪戯っ子なんだよ」

って、思い出を話すんだけど、「よくそういうこと言ってられんな」と思ってね（笑）。それで、「どうしよう？　でも飲まない訳にいかないし……」と思ったら、暫くしておかみさんから、また電話かかってきて、

「あぁ、どうした？　……ん無い？　そうかい、う～、全部切らしている。あ、そうか、無いんじゃしょうがないな。……分かった、うん。じゃぁ、下で飲んで

芸能をこよなく愛していた。2011年逝去。

［＊4］『笑点』……元は立川談志がこのテレビ番組を企画、1965年『金曜夜席』として始まった。翌年放送日を日曜に変え『笑点』として新装。本来は寄席の余芸だった大喜利を談志がテレビの魅力的なコンテンツに仕上げたと言ってもいいだろう。

［＊5］抜け……出番を「休め」もしくは「サボれ」という意味で使われている。

るから、ちょっと来い。一緒に飲もう」

って、言って、で、おかみさんも下に来て、小遊三師匠は「バーで、3人で飲むのかな」と思ったら、

「あぁ、小遊三、あとはよろしく」

って、言って、違う別の家に帰っちゃったりなんかする。で、小遊三師匠、

「え? え? え?」って、おかみさんと2人ですからね（笑）。不倫《やる》訳にもいかないですよ（笑）。だから「どうしよう? え～?」と……。したら、おかみさんもね、もう、慣れているんですね。

「ねぇ～、……カラオケでも行く?」（笑）

って、カラオケに行ったらしくてね。面白い、面白いね、そういうエピソードがいっぱいあったんですよ。

で、扇遊師匠が面白かったのは、扇遊師匠も盆暮れの挨拶に、談志師匠のところに行っていた。で、何軒も御宅があって、「ここには、居ねぇだろ」ってところに狙って行ってたんですって（笑）。あの、会いたくないから（爆笑）。アッハッハ、会うと面倒くさいから。マンションの上層階の御宅に行って、そこに居ないと思って行ったら、たまたま居たらしいんですよ。

「おう！ 何だ、オマエか……、じゃ、……ありがとう、ありがとう、悪いね

え、わざわざな。……せっかくだ、表で話そう」

って、言って、扇遊師匠は喫茶店とかに行くと思うじゃないすか？　「表で話そう」って、ガチャンと扉閉めて、その目の前の、もうドアの目の前のね、何ていうんですか、この柵みたいなところで、

「どうだ？　最近……」（爆笑・拍手）

「はあ、最近頑張らせていただいてます」

「そうか、イイ天気だな、じゃぁ」

って、言って、そのまま家に帰って行くらしいんですよ（笑）。本当に、表で話すっていうね。そういう遊び心が凄くある師匠だったんですね（笑）。お会いしたかったなと、やっぱり昔の師匠方は、そういう面白いエピソードがいっぱいあってね。

先代の文治師匠［＊6］なんかもね、着物着て、西武新宿線で寄席まで毎日通って……。で、毎回寄席に遅れるんですって、遅刻するんですって。何かと思ったら、猫が好きで、猫が通ったら、「あ、猫だ」って、猫を追っかけちゃうんですって（笑）。そうすると、寄席を忘れちゃうんですって。それで、泥だらけで、

「猫、居たからよぉ」

って、寄席に泥だらけで来たりなんかしてね。黒紋付泥だらけにして来たりし

［＊6］先代の文治師匠……十代目桂文治のこと。1946年、二代目桂小文治に入門、1958年真打昇進し二代目桂伸治。この時期にテレビタレントしても人気を獲得。1979年十代目文治を襲名。1999年落語芸術協会会長に就任。2004年逝去。

てねぇ。もう、おかしい人ばっかなんですよ。ちょっと、はみ出てる自転車が駐輪場にあると、もう、片っ端から杖で倒していくんですよ（爆笑）。全部倒してくんですよ。その後ろで、お弟子さんたちが一台、一台直してくんですね（爆笑）。楽屋に干瓢《かんぴょう》が出てくるんですよ。干瓢寿司、干瓢巻きっていうか、手巻きのが出て、それで文治師匠は、

「ああ、干瓢なんてもんは、江戸っ子の食いもんじゃねぇんだよ」

って、言って、でも、食べている。「じゃぁ、食べんなよ」って話でね（笑）。

「こんなんは、江戸っ子の食いもんじゃねぇんだよ」

って、言って食べている。こっちは、「食べてんじゃねぇかよ？」と思っている。で、文治師匠が帰って、師匠方も全員帰って、最後に前座が片付けして、文治師匠が座ってたところの座布団をめくったら、干瓢がばしゃぁっとあるんですって（笑）。干瓢巻きの海苔巻きのところだけ食べているんでしょうね。干瓢を抜いて（笑）、どうやって食べてるんでしょうね（笑）？　もう、畳と座布団が、干瓢の涎《よだれ》……（笑）、涎とは言わないか？　何か液体だらけになったりする。そういった思い出があると、皆、ケラケラ笑ってお話ししててね。

そういう昔の人たち、そういう思い出話になるだろう人と、ならないだろう人がね、やっぱり居ますよ。噺家ってのは大体（思い出話に）なりそうなんですけ

ど、ならなかったりなんかしてね……。

先だって亡くなった……、つい最近ですがね、最近というか、ちょっと何年か前、圓《まどか》師匠［＊7］、『もう半分』［＊8］というネタをよく演ってたんですよ。お爺ちゃんが、酒を半分残して、もう半分、半分で、毎回これで半分ずつ飲んでいる。そういったお噺……、もっとちゃんとした噺ですけど、適当に言うと（笑）。それで圓師匠はお酒が大好きでね。ずっと、ぐびぐび飲んでいる。そいで、最後……、もう最後の日です。昼間、パッと起きてきて、おかみさんに「酒くれ」って飲んで、で、大好きだから酒を残すことがないですよ。で、ちょこっと残して、

「これ、捨てるな。ちょいと一眠りしてから、また飲むから……」

って、半分残して、それで2階に上がってね。そのまま死んじゃってるんですって。もう半分残して死んでくって、皆がケラケラ笑っててね。「あの人、落語だな」って、そういう何か死ぬエピソードってのも、やっぱ面白いですよ。

ウチの親父は半身不随だったんです。最後、「息が出来ない」ってのを訴えたんですね、「ああ〜」って言っていて。で、ウチの母《かあ》ちゃんが、

「何？　コーラが飲みたいの？」

って、息出来ない親父にコーラ飲ましちゃって（笑）、そうしたら、「ああああ

［＊7］圓師匠……故・三代目橘ノ圓のこと。1954年、四代目三遊亭圓馬に入門。1969年真打に昇進し三代目橘ノ圓を襲名。2014年逝去。

［＊8］『もう半分』……街はずれの小さな居酒屋に、必ず湯飲みに半分ずつの酒を頼む棒手振りの老人が来る。ある日そうして貯めた大金をこの居酒屋に忘れてしまう。これを知らんぷりしてくすねた夫婦に恐ろしいことが起こる。

……」って死んじゃってね（笑）。

「死因は？」

って、言ったら、

「コーラです」（爆笑）

お医者さんが、

「言うのは、やめときましょう」

って、

「だから、たまたまにしときましょう」（笑）

みたいな感じでね、死因が何か変わってるんです。けどね、本当のところは、ウチの母ちゃんが、

「言うなよ、シーだぜ」

とか言ってるんですけどね（笑）。そういったね、「面白い死に方が出来たらイイな」と、たった今思った訳でございます。

『金明竹』［＊9］へ続く

［＊9］『金明竹』……少し頭の弱い主人公、店番をしていると早口の上方弁の男がやってきて仲買の弥市からの言伝をまくしたてたがさっぱりわからない。また女将さんも聞いたがわからない。旦那が帰宅し、その内容を尋ねるが要領を得ない。

「嘘から出たまこと」の真打昇進

2019年1月11日 渋谷ユーロライブ
渋谷らくご 『羽団扇』のまくら

ご来場でありがたく申し上げげます。「あけましておめでとうございます」ということでございましてね。1月は20日ぐらいまで、噺家は言うんですよ。正月初席と言ってね。ここまでは、お客様のほうではね、もう正月気分も抜けてんだろうけど、芸人はもう、めでたい演芸というので、20日ぐらいまでは、「おめでとうございます。おめでとうございます」と言う訳でございます。お客様のほうから、「めでてぇ奴らだなぁ」と思われがちでございますけど、これはね、縁起でございますから、……何で、こんなにねぇ、ずっと言うんだろうなと思って、先輩の師匠方に訊いたんです、そしたら、

「『おめでとうございます』と言っていれば、いつまでもね、正月気分が抜けないから、なんかその流れでお年玉をくれる客が居るんじゃねぇか」（笑）

と、そういうところから、ずっと言うんだそうでございます。今年、わたしは

12月まで、「おめでとうございます」と言おうかなと思ってる訳でございます（爆笑）。

私事《わたくしごと》でございますけども、急遽去年のおしまいに真打（昇進）が決まったんですよ（拍手）。ありがとう……、ありがとうございます。本当はね、もうちょっと拍手しても良いんじゃないかなと思います（笑・拍手）。いやもう嘘、嘘、ごめんなさい、ごめんなさい。いや、本当に急遽決まりましてね。12月の理事会［＊1］で、ポンといきなりね、名前出してもらって、決まった……、今年の9月からなんですけどねぇ。（身分を）上げていただくということでね。

その前に1回ね、間違い……、新宿末廣亭というところへ行かれたことありますかね？　そこにパンフレットがあるんですよ。入場料払って中に入ると同時に、今日の出演者と、あと次回の出演者と、あとちょっとしたトピックスみたいなの書いてあって、そのトピックスに、去年の段階で、「来年の春5月に落語芸術協会は、瀧川鯉斗［＊2］と、橘ノ双葉［＊3］と、柳亭小痴楽の3人が真打昇進」って、出たらしいんですよ。これ誤報でね。そんときは10月ぐらいのプログラムだったんですけど、わたし、そのとき名前も出てなかったんで、誤報なんだ。本当は、立川吉幸［＊4］という兄《あに》さんが上がるんですよ。

わたしのこれは、間違いなんですね。それ知らなくて、……それで10月入った

［＊1］12月の理事会……落語芸術協会の理事会。3月、6月、9月、12月に行われ、真打昇進の人事などが協議される。

［＊2］瀧川鯉斗……元暴走族の総長という異色の経歴を持つ落語家。2005年瀧川鯉昇に入門。2019年真打昇進。

［＊3］橘ノ双葉……現在は三遊亭藍馬。2005年三代目橘ノ圓に入門。2019年真打昇進を機に三遊亭藍馬に改名。

［＊4］立川吉幸……1997年、二代目快楽亭ブラックに入門するもブラックが立川流除名のため、立川談幸門下に移籍し吉幸と改名。2014年師匠と共に立川流を退会し落語芸術協会に入会。2019年真打

ぐらいから、お客さんがね、もうやたらめったら、「おめでとうございます。おめでとうございます」って、言うんですよ。たまたま、わたし、この9月に……、去年の9月に結婚しましてね、それのことでニュースに……、インターネットニュースにしてもらったんで、「おめでとうございます」って言ってくると……。それのことかと思ったので、

「どうもありがとうございます。祝儀を持ってきてくださいね」

なんてなこと言って、皆にそれを言い返していて、わたしの真打昇進の誤報のことだったらしいんですね。……わたし、真打を否定してない感じに、……なってるんですよ（爆笑）。

暫くして、10月のおしまいぐらいに、落語協会の寄席に遊びに行ったときに、市馬師匠［＊5］、落語協会会長の市馬師匠が、楽屋でね、

「おはようございます」

「おう！　何しに来た？」

「ええ、ちょっと、用があって……」

「ああ、そうか、うーん……、お前なんだよ、真打決まったのか？」

「えっ、決まってないですよ」

「うーん、おかしいじゃねぇか。決まったって書いてあったぞ」

昇進。

［＊5］市馬師匠……四代目柳亭市馬のこと。現在落語協会会長を務めている。どっしりとした芸風に人気も高い。また歌手としても実力派で日本歌手協会にも所属している。1980年五代目柳家小さんに入門、1993年真打昇進。

「え、どこに書いてあったんですか？」

「新宿末廣亭のパンフに書いてあった」

「あ、それ、間違いですよ。ボクじゃないですよ」

「……そうかぁ、おかしいな。ちょっと、おい、誰か持ってきてくれ」

って、……パンフレット。そこで初めて見た。10月のおしまいのパンフレットを見せてもらったんです。

本当にわたしの名前が、書いてあるんですよ。で、「あれ、オレ、上がるのかなぁ？」って言って（爆笑）、

「イイのかなぁ？」

って、言って、

「いや、ダメだと思うぞ」（爆笑）

「ですよね？　ですよね？」（笑）

って、

「じゃぁ、これ、間違いです、これ」

そうしたら、市馬師匠が、

「……そうだよなぁ……」

このあとの台詞ですよ、市馬師匠の、

「そうだよなぁ、……間違いだよな、お前が真打に上がれる理由《わけ》ねぇもんな」(爆笑・拍手)

「殺すぞ！　このヤロウ(爆笑)！　何、言ってんだ、このヤロウ」(爆笑・拍手)

と、思ってね。「冗談じゃないよ」って……。それがあったせいで、ウチの協会が、「間違いを直すのが面倒だから、だから、もう、イイんじゃないか」っていうので(笑)、急遽決まったんじゃないかと思いますけどね。ありがたいことで、夢になんなきゃイイなと……(笑)。これからあと、9ヶ月間ありますからね。人は何をしくじるか、分からないですから、もうシブラクは寝坊しても、他《よ》所《そ》は寝坊しないようにしなきゃね……(笑)、笑えないんだ、もうやめよ。

いろんなことがね、ありますけれどもね、今日は正月でね、このシブラクも初席ですか、今日からスタートですね。この5日間か、6日間かね。でも初めて、今年初でトリの時間をいただくって、本当に嬉しいですからね。

やっぱり縁起物でございますから、おめでたいお噺から、……正月らしい噺をしたいなと思ってね。年末年始らしい噺というのでね。『羽団扇』[*6]というネタがあるんですよ。

これを演りたいなと思ってね。昨年末、ある師匠に、稽古に行って、「いい

[＊6]『羽団扇』……とある夫婦が初夢を語り合おうと約束、亭主は女房に起こされるが夢など見てないという。これが元で喧嘩が大きくなり天狗にさらわれる。亭主はこの天狗の羽団扇を奪い取って大冒険をするという噺。

よ」って、教えてくれたんですけれども、……稽古って、皆さん知らないかも知れないけれど、この落語界で一つの噺を演るのに、……例えばね、先ほどの師匠で言ったら、『ねずみ』[*7]。亥年《いのしし》なのにねずみのネタを演るって、よく分からない（爆笑）。「来年だ！」って、「『ねずみ』というネタを演りたいな」と思ったら、師匠に、わたしが「師匠、教えてください」って言って、「イイよ」って言われて、それで目の前で演ってもらうんですよ。それでもって、

「ありがとうございます」

それで、覚えて、で、

「師匠、覚えました。聴いてください」

「イイよ」

って、聴いてくれて、

「これこれ、直してね」

とか、

「まぁまぁ、いいよ、もうお客様の前で演っていいよ。あげる」

この「あげるよ」って言われたら、こういったお客様の前で演っていいんです。この商品でございますから、「あげの稽古」[*8]というんですけれどもね。

今回のこの『羽団扇』という噺は、昨年末に、師匠に、「覚えたんで……」っ

[＊7]『ねずみ』……旅で仙台に来た左甚五郎、持ち宿を乗っ取られ小さな宿を営む親子を気の毒に思いねずみを彫ってあげた。するとその宿が評判になり繁盛するという噺。

[＊8]「あげの稽古」……噺を習う落語家は教えていただく師匠から対面で噺をうかがう。自ら稽古を重ね、その師匠の前でいただいた噺を語り、師匠から人前で演じてもよいと許しが出る際の稽古のこと。

て言ったら、「じゃぁ、ちょっとスケジュール合わせようか」って、スケジュールがなかなか合わなくてね、……あげられてないんですよ。ですから、出来ないんですね（笑）。これあげてないから……、出来ない。ましてや、今日はWOWOWの生中継［＊9］ですから（爆笑）、だから、腐るほど、金払ってない人が観てる訳だからね（笑）。だから、どこで誰に何言われるか分からないから、演っちゃいけないないんですよ。でも、やっぱりね、今回も出来ないと来年まで出来ないってことは、もう来年までに忘れる。ということは、もう来年も出来ない（笑）。どんどん出来なくなっちゃう訳でございますですから、さわりと言うかね、「どういう噺だよ」という説明だけを今日はして、「一席演りたいな」と思いますけどもね。

初夢の噺でございまして、その昔、正月の2日となりますとね、初夢というのを見ようという、こういった縁起があったんだそうでございます。正月の2日にもなりますと、「お宝」というものを売りに歩いてる人が居たんだそうで、「お宝」……、これが七福神の船を描いてある紙、これを印刷してある紙、それを町人は、皆買って、枕の下に挟んで、それで寝る訳で、そうすると夢を見ますよ。そしたらこれが「初夢だ」ってんで、皆、その年を判じたんだそうでございますが、これが良い夢ですと、……勿論ね、喜んで……、「縁起が良い、嬉しい」と

［＊9］WOWOWの生中継……2011年から2020年6月まで生配信にて放送されていた『ぷらすと』という番組。

喜んで、その年一年一所懸命働いて、……仮に悪い夢ですと、厄を払おうってんで、その紙を川へ流したんだそうで、……これがその昔の正月の2日のことだったんだそうでございますけども……。

『羽団扇』へ続く

高いベッドを買いました

2019年2月12日　渋谷ユーロライブ
渋谷らくご　『真田小僧』のまくら

御来場でありがたく御礼を申し上げます。『ふたりらくご』、只今より開演でございましてね。おあと、浪曲の太福さん［＊1］が出て参りますので、最後までお楽しみいただきたいなと思います。初めての方……、落語に初めて触れる、また、浪曲に初めて触れるという方、中にはね、いらっしゃるんじゃないかなと思いますけども、まぁ、落語というものは、右向いて左向いて、さっきタツオさんも言ってくれましたけど、まぁねぇ、想像する芸でございます。右向いて左向いて、我々噺家が喋ったことを一人、一人、皆様方で想像して、楽しもうという、こういった芸事でございますから。

ですから、「良い落語、悪い落語」とかね、「良い落語家、悪い落語家」とか、よくお客さんの方で言われたりなんかするんですけど、そういう問題じゃないですね。こっちからしてみると、「良い頭、悪い頭」と（笑）、そういったところが

［＊1］浪曲の太福さん……玉川太福のこと。2007年、二代目玉川福太郎に入門。古典浪曲並びに創作浪曲で人気を得ている。2015年にはその創作浪曲で第1回渋谷らくご大賞を受賞。

重要になってくる訳でございます。蕎麦を、「ズルッ」と食べてね、「ああ、凄い、本当に蕎麦を食べてるみたいだ」と、まずね、わたしみたいに、この扇子を使わない時点で、落語家として失格でございましょう(笑)？「ああっ、本当に蕎麦が見える！　蕎麦を食べてる！　蕎麦だ！」っていうのは、想像力の問題でございますから。ですから、噺家《こっち》に何かを求めないでいただきたいという……(笑)。

何すかね？　よくお客さんの方で、

「お金払ってんだから、笑わせろ」

と、

「座ったんだ、よし来い、笑わせてもらおう」

と、こういう気持ちでいたら、それはね、もうベテランの師匠方を相手にするんだったら、そういう気持ちでイイですよ。ただ、若手でございますからね、

「よし、座ったぁ。よし、笑わせてくれ」

と、……そういう甘い考えでいたら、やっぱダメでございますね(爆笑)。一人、一人、自分から笑いどころを探さなきゃいけない。「まぁ、隣の人が笑うからいいだろう」と、そういう気持ちでいたら、今日はね、……所々ちょっと席が余ってますから、「誰かが笑うからいいだろう」っていう気持ちでいたら、これ

はもうダメでございますよ（笑）。自分が笑う。「自分がこの空気を作るんだ」と。またお客さんがドーンと盛り上がると、芸人のほうもね、調子乗りでございますから、それこそ良い落語が出てくる訳でございます。ですから、良い落語家が観たい場合は、一人、一人、皆が頑張る（爆笑）。わたし、1人で喋っても、ただの独り言でございますから、反応があって、やっと落語というものは成立する訳でございます。ですから、1人で演る商売とは言いますけど、皆で一つ落語を作ろうと、……そういうもんでございます。なんか……、こっちを見る目が一人、一人、怖いんじゃないかな（爆笑）。今ね、相対してみて、「これから喧嘩が始まるのかな？」というような（笑）、そういった空気でございますからね。もっと、頑張って陽気にいきましょうと、……もうちょっと飲んだほうがいいんじゃないすかね（笑）？　皆さんね。そのほうが、楽しめるんじゃないかなと、こっちはまだ飲んでないので、……飲んでない、飲んでない、冗談（爆笑）。

今日は、平日ですよ。平日の午後6時、大体の人は、まだ仕事やってますでしょう？　でも、こうやって来てくれるって嬉しいもんでね。いろんな人たちが居ますから、で、こうやってね。一応こうやって喋りながら、「どんな人が居るかな？」って見ているんですよ。だから、「仕事は何をしてんだろう？　何で、この時間来てくれんだろう」っていうような人も居れば（笑）、「ああ、これは来られるだろう、この人は……」というような（爆笑）、いろんな人をこうやって見ている訳でございます。

ちょっと訊いたら、女子高生が3人組で来てると。凄いもんでね、どこに居るのか分かんねぇけど（笑）、ってことは、制服でございましょう？　多分、……居ないけどね（笑）。制服、……そうか、シートがあるから見えないんですかね？　でも、ありがたいっすよ。でも、凄いっすね。「了見」っていうと、なんか言い方が悪いか、……何か凄い感覚がね、うん。学校終わって、勉強も大変でしょう、高校生ですから。ルートとか、そういうのやるんすか（爆笑）。……知らねぇけど（笑）。凄いですよね。勉強して、頭をこねくり回して使って、それから、「さあ浪曲を聴こう」と、そういう気持ちになるところがね、キチ×イですよね（爆笑）。落語でもいいけど、まだ、……いや、こういうこと言うと何かねぇ、何か失礼だけど（笑）、……失礼？　そうだね、失礼ね（爆笑）。

だけど、言いたいこと分かりますでしょう？　今の言いたかったことに、失礼を除いたバージョンでちょっと……（爆笑）。想像力だから、これは考えていただきたいですよ。だって、わたしが落語を聴いたのは、中学校3年生のおしまいですか……、「ブルーハーツのCD聴こう」と思って、ボクの部屋のCDデッキに入っているだろうと、で、プチッと押したら、「♪　チャカチャンチャンチャンチャン」って流れてきて、「何だ？　こりゃぁ」って、……わたし、親父が落語家なんですよ。だから、「ああ、親父の商売かぁ？　聴いてみるかなぁ、どんなものか」って聴いて、……そしたら柳枝師匠［＊2］という方でね、春風亭柳枝師匠という師匠の落語で、それで、「あ、面白いやぁ」って、親父が帰ってくるのを見計らって、「これ演りたい」って。それで初めて落語を聴いたの、そう中3ですよ。中3で早いほうじゃないですかね？　ねぇ？　でしょう？　何の根拠も無いけど（笑）。統計もとってないけど……。

たらぁ、……浪曲は、無かったなぁ（爆笑）。アッハッハッハ、浪曲を聴いたのは、太福さん見てからですもんね（笑）。太福さんで初めて浪曲ってのを知りました。それでも最初、「えっ？　何言ってんのか、分からねぇ」って（爆笑）、「難しい、難しい」って言って……、それで、『おかず〜』の奴［＊3］聴いて、「あっ！　これだったら、分かる」って（爆笑）、本当に入門編ですよ。わたしは今、このあとの浪曲、楽しみにしています。わたしは、誰よりも楽しみにしてんじゃないすか？

小学校のときに、わたしは落語の「ら」の字にも触れていないですから、親父も、そんな家にも滅多に帰ってこないし、（落語の）稽古なんかもしませんで、……ですから（落語に）触れることがなかったですね。親父の着物姿は見てまし

［＊2］柳枝師匠……八代目春風亭柳枝のこと。1943年八代目柳枝を襲名。丁寧な芸風だったという。1959年逝去。

［＊3］『おかず〜』の奴……玉川太福創作の浪曲『地べたの二人〜おかず交換〜』。電気工事作業員の先輩後輩2人が昼の弁当を食べながら会話するというだけの日常を切り取り、笑いのある浪曲に仕立て上げた。

たけども、落語は観てないですね。

着物の着方って、人それぞれあるんすよ。歌舞伎役者さんは、こう、ピチッと襟元、きちっとね、CMとか、海老蔵［*4］さんとかを見てもそうですよ。ニュースとかで、たまに出て、着物をね、お召しになっていても、全部、きちんとちゃんと着ています。それは、役者の着方でね。大体、その昔の時代の人の着方は、結構ガバッと開いていたり、ヤクザ者《もん》はガバッと開いてたり（笑）、そういう皆、人によって着方がね、違うんですよ。職人によってはね、袖がちょっと短い、若旦那は、ぞろっと長めに着ているとか、昔からそういうのあったんだそうでございますよ。

ウチの親父は家ではね、可愛いパジャマ着たんですよ（笑）。GALFYいう奴だったんですねぇ（笑）。あのう、ワンちゃんがねぇ、デカいワンちゃんが、「う〜」ってやってる絵柄で（爆笑）、よく歌舞伎町を歩くと、そういうの着ている人がねぇ（爆笑）、GALFYをよくお召しになってる方が、そりゃぁ、ピチッと着てますよ（爆笑）。で、ウチの親父は、それを寝間着代わりに着ていまして……。

それで下井草のほうに家があったんです。青梅街道のところにウワァーッと、エンペラーですかね、暴走族がまだ昔は居たんです。あれがワーッと走ると、そ

［＊4］海老蔵……現在は十三代目市川團十郎白猿。ここで語られている2019年当時は十一代目市川海老蔵。

うするとウチの親父が、

「お、来たな。今日は土曜日だな。勇仁郎、来たぞ、行くぞ」

って、

「おう！」

って、言ってね。暴走族を見に行くのかな？　なんかそういうパレードね（爆笑）、エレクトリカルパレードとかディズニーに行けない代わりに、これを観に行くみたいな（爆笑）。「そういうの観に行くのかなぁ」と思ってね。それで、親父はGALFYから着物に着替えるんですよ。着替え終わったあとで、玄関に傘立てが、皆さんの御宅にもございますでしょう？　皆さんの御家庭の傘立てには、傘が入ってるんですけどね、わたしの家は、傘以外に、木製バット、金属バット、ゴルフクラブ（笑）、いろいろちょっと差すもの選べるという、そういったウチだった。

それで向こうだって、（バイクは）鉄の塊だから……。こっちも鉄の塊で、ガッと金属バットを出して、で、青梅街道に出て行ってね。で、ウチの親父はシュッと投げるんですよ（笑）。そりゃぁ、当たりますよ（爆笑）。1台、2台じゃねえんだから、何十、何百の世界だから、当たりますよ。

そしたら、向こうもね、

「痛ぇよ、何だ？　この野郎！」

って、ワァーッと来て、ウチの親父を囲むんですよ。その井草八幡っていう神社の前で。それで、ウチの親父が、

「何だ、おまえたち。煩《うるせ》ぇんだ、バカヤロウ。寝られねぇんだよ」

そうすると向こうもね、「あっ、本職だ」ってんで、

「すみませんでした」

って、言って（爆笑）。それでマフラーちゃんと付けて、静かにパレードを始めるという（笑）、そういったのが、昔でございましたね。

今、わたしは健康ブームで、もう今年の９月から真打に上がるんですけどね。それでね、やっぱり忙しくなりますから、40日間ぐらい毎日寄席に行くんすよ、休みなしで。これ凄いもんで、毎日夜は飲むだろうしね。だからもう凄く忙しい日常になる訳でございます。それに対して、やっぱり、「コンディションを整えなきゃいけないいな」と、いろいろ決めることがいっぱいあるんですよ。どの師匠方に出てもらおうとかね。

自分の扇子を作る。手拭いはまぁ、二ツ目から作れますけども、手拭いも作る。いろんな……、事務的なこういったことから、いろんなものを……、で、口上書きって、いろんな人に口上を書いてもらう。「こいつ（真打に）上がるぜ」

みたいなことを、もっとちゃんとした言葉でね（笑）。「真打に上がり奉る」みたいな（笑）。そんな口上を書いてもらったり、そういうお願いして、誰に書いてもらう、いろいろ決めなきゃいけないことがあるんですよ。「やっぱコンディション大事だな」ってんでね、今、わたしが決めてるのは、毎日の打ち上げ会場……、だけでございます（爆笑）。「どこに行こうかな？」、それしか決めてないで、もっと決めなきゃいけないことがある。でも、もう、こっちもパニックだから、「ベッド買おう」って言って（笑）、……でも、ちょっといきなり言った感じするけど、あのう、この段階はちゃんとありますよ（笑）。健康が大切だから、寝たほうがいいからね。だから「ベッド買おう」と言って、いろんなところに行ってね。テンピュールだとか、「イイ奴買おう」って言って、「金に物言わせよ」ってね、松之丞さんにお金借りてね（爆笑）。あの人はいっぱい持ってんだ（笑）。ほいで、テンピュールとか、いろいろ見に行ったんですよ。シモンズとか、スリーエスっての、エスが付く、この三つのブランドがまず高いんですって。「皆、使ってるよ。上等だよ」という。それに横になってみて、どれぐらい違うのかと……。今、無印の奴なんですよ。足が付いてるマットレスのセットの奴。「どれぐらい違うのかなぁ？　横になってみよう」ってね。フランスベッドって、……フランスベッドって名前が付いている日本のなんすよ（笑）、老舗でね。だからね、老舗で日本のっていうと、もう一気に何か良いじゃないすか（笑）。わたしは硬いのが好きで、「じゃぁ、フランスベッド買おう、硬いから。フランスベッドに行こう」っつって、いろいろ悩んで、最終的に買ったのは、違うとこあったベッドで英国なんですって（笑）。

良いでしょう？　英国っていうと（爆笑）。イギリスとかいうと、なんか、「あぁ……」ってなるけど、英国って聞くと何かね、「お、おおう」ってなるでしょう（笑）？　なんないか？　……そうか、共感得られない（笑）。それでね、英国の奴を買ったんですけどね。凄いっすよ。あともう一つ買ったエアウィーヴっていう真央ちゃんがCM演ってる奴。「これ、イイな」って言ってね、店員さんに、「これイイな」って言って、

「欲しい」

「ああ、そうですか、中身が……」

これ凄い、皆さん知っていますか？　20万ぐらいするんですよ、エアウィーヴっての。それが10万、20万するんですけど、「これイイや」って、「ちょっと、これ欲しい。ちょっと、もうちょっと話訊こうかな」ったら、いろいろ説明食らって、で、ジーッと開けると、

「これ中身が凄いんですよ」

って、パッと開けたら、何つうんですかね？　何か細胞みたいなね、ＤＮＡというか、なんかよく病院行くと、何か貼ってあるような、何か、……こういう（笑）、分かんないかな、なんかね、こういうね、岡本太郎さんの絵の成り損ないみたいな（爆笑）、そっから出たモノみたいな……。プラッチックなんすよ。プラッチックじゃないのかな？　なんかちゃんと繊維を考えているんでしょうけど、プラッチックみたいな種類の奴で、

「プラッチックだろ？　これ」

したら、

「いえ、こちらはナントカカントカで……」

「そう、……でも、作れそうだな、これ」（爆笑）

「いや、これ、もぅ学者が凄く研究に研究を重ねて、これが出来たんです」

「でも、いや、これイイトコ１万円ぐらいじゃないの？　これってプラッチックだから、ちょっと金取り過ぎじゃない？　ぼったくってんじゃねぇか、これ？」

「いや、これはもう本当に品質が最高で……」

「いや、でも、作れそうだなぁ……」

って、言って。そうしたら、店員さんが凄いですよ。ちゃんとしたお店ですよ。言ったら、もう、すぐそこのデパートですよ（笑）。Ｂｕｎｋａｍｕｒａの

隣にある（笑）、あの高級なね、デパートの店員さんが、舌打ちしたんすよ（爆笑）、わたしに。

「作れそうだからなぁ」

「チッ、……どうぞ」（爆笑）

って。それでね、「ここ違うな」って思ってね。

大塚家具に行ったら、もう帰してくれない（笑）。最初は、若いお姉ちゃんが来て、それで、

「座りますぅ～？」

みたいな感じで、で、

って、座って。で、今度はオバちゃんが来て、上等そうな、ちょっと着ているもんも、「ちょっと違うジャケット着てるぜ」みたいな、オバちゃんが来て、いろんなのに座らして、で、100万もするベッドに、「横になっていいよ」って、

「座りますぅ」（笑）

「で、幾ら取るんだ？　これ、横になるだけで」

「いいや、タダですよ」

「本当か？　じゃぁ、行く」（爆笑）

って、それで横になって、何が違うのかはよく分からないけど、

「違《ちげ》ぇなぁー」

って、言って（笑）。

「これもイイけど、他のもイイなぁ」

って、言って。他のも横になって。

そしたら今度、ピチッとした……、髪の毛ピチーッとしたオジさんが来て、訊いたら、ベッドコンディショナーとか言っていて……（笑）。

「シャンプーは？」（爆笑）

って、言ったら、いや、もう、そういうのじゃ笑ってくれないの（爆笑）。

「……こちらは……」

「ああ、ああ、はい」

もう、そういうのを、ちょこちょこ入れんだけど、全然笑ってくれない（笑）。それで、なんかSPみたいな通信機器《もん》を付けて、でも、携帯もプルプル鳴らしながら、「私は忙しいです」みたいな態度しながら、

「で、どうしますか？　今回だけ、貴方《あなた》だけですけど……、今日、買ってくれれば、家にあるベッドを引き取ります。……私が引き取ります」

「手銭で？」

「いや、そういうところは、イイじゃないですか」（爆笑）

「あ、すいません」

「あと、もうちょっとお値引きします」

って、言ってね。いろいろ特典付けてくれるんですよ。「今日、買えば」って。それで、

「もう時間もなくなってきますよ」

とか、

「……じゃぁ、もうイイ、買う!」(笑)

って、言って。買うんですよ、

「さぁ、さぁ、さぁ」

「買うっていう前に、ちょっと一回悩みたい。冷静になりたい」

と、わたしも。

「冷静になりたいから、一旦ちょっと外の夜風に当たってこようかな?」

「お茶、飲みますか?」

って、

「おう、お茶飲むかな」

「こちらに……」

って、ベッド売り場が7階なんだけど、2階に通されて、お茶出してくれて、

コーヒー出してくれる。

「でも、ちょっとタバコ吸いてぇから……」

って、

「外に、ちょぃと、一遍」

って、外に行かしてくんないんすよ（笑）。

「喫煙所がございます」

って、言って（爆笑）。

「ああ、あぁぁ……」

で、喫煙所でタバコ……、窮屈《こんな》になって（笑）、もう全然喫《の》んでも美味しくない。う、うん、それでしょうがないから、もう、

「買う」

って、買ったんすよ。ほいで、

「じゃぁ、2階へさぁ、どうぞ」

って、1階に行かせてくんないのね。それで、

「書類を書いてください」

それで、発送先を書いているところに、何か案内書きがあって、そこには、

「ベッドを買ってくれた人には、引き取りタダ。そこから10万円以上のベッドで

したら、何割引……」、……ボクだけじゃないんですよ、皆なんですよ（爆笑）。営業って、「凄いな」と思ってね。もう、全部口車に乗せられて、買ったんですよ。まだ届いてないんですけどね。寝心地は来月ここで喋りますから（笑）。つまり来ていただきたいなと。

何が言いたかったかと言うと、わたしも（噺の）出口が見つからなくなっちゃってね（爆笑）。落語に入りたいなと思いますけどもね。え〜、うん……、うん（笑）。何を喋ろうか？　考えたのを忘れちゃった（爆笑）。だから、三つ選んできたけど、忘れちゃったな。まぁ、いろんな人たちが世の中に居ますけれど、……待って、……今、思い出さなきゃ（爆笑）、もうパニックになっちゃったな。……ちょっと、しばし御歓談を（爆笑・拍手）。

『真田小僧』［＊5］に続く

［＊5］『真田小僧』……倅から小遣いをねだられた親父は断るが、倅は言葉巧みにおかみさんが男の人を引き入れた話を語り、小遣いを持って行ってしまう。

お祭り屋台の師匠

2019年3月9日　渋谷ユーロライブ
渋谷らくご『あくび指南』のまくら

ご来場で、ありがたく御礼を申し上げます。続きまして、小痴楽でお付き合い願いたいなと思います。

おあと、昇々さん、文菊師匠［＊1］を楽しみにしていただきたいなと思います。今日はね、落語協会と落語芸術協会で、なんかイイ感じの……、誉め言葉が続かないですよね（笑）。昨日も一緒だったんです、文菊兄さんと。昨日がねえ、前座さんが春風亭朝七さん［＊2］。凄い落語を聴いて、今度、落語協会の寄席を追っかけてみてください。前座さんはいつ上がるか分からないから、……まぁ、前座さんにこういう言い方は良くないかも知れないけれど、上手いというかね。ちゃんとしていて、面白くて、……その後に（わたしが高座に）上がるから（笑）、嫌で。で、もって、その後が鯉昇師匠［＊3］、で、休憩。で、文菊兄と、雲助師匠［＊4］という落語協会に挟まれて、凄く嫌な思いをしたんでね（笑）。だ

［＊1］文菊師匠……古今亭文菊のこと。2002年二代目古今亭圓菊に入門。2012年真打昇進し文菊。仕草の美しさと落ち着いた口調で語る落語に定評がある。

［＊2］春風亭朝七さん……現・春風亭朝枝のこと。2020年二ツ目に昇進し、朝枝と改名。

［＊3］鯉昇師匠……瀧川鯉昇のこと。1975年八代目春風亭小柳枝に入門。1990年真打昇進し春風亭鯉昇。2005年亭号を改め瀧川鯉昇。

［＊4］雲助師匠……六代目五街道雲助のこと。1968年十代目金原亭馬生に入門。1981年二ツ目時代の名五街道雲助のまま真打に昇進。2023年人間

から、もう今日は、本当になんかイイ感じの番組になっててね。「素晴らしいな」と思います（笑）。

教え方が、やっぱ違うんですね、落語協会と落語芸術協会って。何から何まで違うんですよ。楽屋の佇《たたず》まいから、そうしなきゃいけないというルールが、違うんですね。

「落語協会では、こうです」

って、言い返せないから、だから、

「すいません」

って、言いながらも、どうしていいか分かんない感じになる。……ルールがちょっと違ったりなんかしてね。教える人によって、やっぱ全然違ったりなんかするし、一門でもね、同じ協会でも一門で教え方が師匠によって全然違いますから、これがね、面白いところでございます、この落語界の面白いところでございましてね。

それで教えるとなるとね、何か指南所なんてのが落語界には無いですから、……なんか無理やりな繋ぎ方だけど（笑）。……指南、教えるカタチがねぇ、ちゃんとある訳じゃないんでね、こういうものは、多分。

ウチの父親も落語家でございましてね。一応、真打から師匠と呼ばれるんです。ただ家ではね、当たり前で、「痴楽」［*5］なんて名前が出てこないです。幸三《こうぞう》で、「パパ」、「オトジ」という言い方をしてました。親父のことを、呼んでてね。

杉並に住んでるときがあって、善福寺のとこら辺で。井草八幡宮の目の前で、縁日になると、15、16年近く前ですか、遊びに行きましたよ。飴玉でも２００円、３００円、４００円、中には５００円だったりとか、結構高いです。で、ウチの親父が縁日3日間のうちにくれるお小遣いは、５００円だけなんですよ。

これどうするかって、ウチの兄貴は、真面目な人なんでね。２００円のこれと、３００円のこれと、とか、……２００円のこれと、２００円のこれと、１００円は来年用にとっておく……とか（笑）。お兄ちゃんのほうは可愛いんですね。わたしは、５００円で、全部やりたい。あるもの全て手に入れたい。「どうするか?」っていうんでね。

それで考えたのが、今はもう景品《もの》と交換なんすけど、わたしが考えたのが〝型《かた》抜《ぬ》き〟。型抜きってね、これ１００円で、４、５枚もらって、それで、型をキレイにくり貫けると、テキヤの兄ちゃん、姉ちゃんに渡すと、「ああ、出来てねえ」とか、いちいち難癖付けてくるんすよ。だけど、ちゃんと出来ていると、

［＊５］痴楽……前述の２００９年に逝去した五代目柳亭痴楽。「綴り方狂室」で人気の痴楽は四代目で、五代目は１９６８年にこの痴楽に入門した。

「これは100円」とかね、「これは300円」とか、中には700円、千円くれたりなんかする。それで3千円ぐらい稼いで、それでたこ焼きとか、全部買ってたんすよ。

あるときね、もう毎年のことでございますから、また500円もらって型抜き5枚分とか買っておいて、ずっとこうやって……、ピンみたいなモノをね、ちゃんと自分でキレイに研いで、……裏にダァッて唾を付けるとやり易いんだけど、それやると、「はい、これ唾つけたね」とか、バレちゃうんでね、どうにかもう技術で、技術でって凄い研究して、型抜きをやってたんすよ。キレイに出来るようになって、集中してやってたら、横で、

「師匠、教えて！　師匠！　教えて！」

って、……「何？　師匠、教えてって何？」と見たら、同級生が居て、「何、教わってんだよ？　師匠？」って思ったら、ウチの親父がそのテキヤのところで、着物を着て、

「ああ、教えてる。教えてやる」

って、言ってね。ウチの父が、師匠と呼ばれてるんですよ（笑）。それも落語家じゃなくて、型抜きの師匠としてやってるんすよ（笑）。「オレに教えてくんないのに」って思ったら、子供たちから100円ずつもらってるんすよ（爆笑）。

「こうやって商売にしてくんだな」と思ってね。

いろんなね、商売の仕方が昔はあったんだそうで、何でもかんでも商売に出来た時代があったんだそうでございますけれども。数がある代わりに、中には変わったモノがあったんだそうでございます。

『あくび指南』［*6］へ続く

［＊6］『あくび指南』……町内にあくびを教えるという稽古所が出来た。面白そうだからやってみようという江戸っ子が習いに来たが、これがなかなか難しい。

居心地の悪い世の中へ

２０１９年４月14日　渋谷ユーロライブ
渋谷らくご　『干物箱』のまくら

ご来場ありがたく御礼を申し上げます。あとは駒治師匠［＊1］でございましてね。その前に小痴楽でお付き合いを願いたいなぁと思いますけれども……。

本当にいろんなところでお喋りさせていただいておりましてね。昔の思い出なんてのは幾らもございますよ。こういったね、お母様に連れてっていただいて、寄席に来る――わたしは、そういった経験なかったですね。

親父が落語家なんで、寄席に迎えに行って、

「中に入れてよ」

って、言うと、

「あぁー、おまえはダメだ。煩《うるせ》ぇから……」

って、言っててね。入れてくれない。落語に触れずにこの世界に入って、近場にあって、「どんなもんなんだろうな」って言って、入ってみたら、「こんなもんな

［＊1］駒治師匠……古今亭駒治のこと。２００３年古今亭志ん駒に入門。２０１８年師匠逝去のため、六代目志ん橋門下に移籍、同年真打昇進。鉄道好きとして有名で鉄道を題材にした新作落語が人気。２０１７年『10時打ち』で渋谷らくご創作大賞を受賞。

んだ」って言って（笑）、スッと逃げようとしたんですけどね。なかなかずっと居心地がイイもんでございますから、逃げる気も失せてしまいましたけども……。さっき出た師匠がね、前座時代に住んでいたところが渋谷だったそうでございます。わたしは生まれが渋谷でございましてね。昔の思い出話を、師匠とお話してたんですけど、……代官山の生まれでございます。

代官山は本当に良い街でございましてねぇ、わたしも。30年前ぐらいですか、今、30なんでね。20年前ぐらいまで住んでたんですかね、10年間。で、代官山アドレスが出来るっていうんで、それで、ウチの親父が、

「騒がしくなるなぁ……、若《わけ》ぇの、うじゃうじゃ来るんだよ。……出てくぞ」

っつってね。杉並に家借りてきて、家族が誰も知らなくてね。

「おい、明日から引っ越しだぞ」（笑）

「えっ？　ど、ど、どこ？」（笑）

「おう、杉並だよ。静かだぞ、オマエ」

「ああ、そうなんだ」

って、言ってね。慌てて、一日、二日で、夜逃げのように出て行った思い出がございますけれども。

でも、代官山というところはね、暮らし易かったですね。今はもう本当に、若

い人しか歩いてないですけど、昔はタバコ屋のオバちゃんとか、表を夜遅く歩いてると、

「ああ！　沢辺君ところのお坊ちゃん、何やってんの？！」

って、怒ってくれたり、……今は、殆ど無いですね。隣近所との付き合いみたいなの……。わたしも、びっくりしましてね。家を出たのが、3年前に27歳まで実家で暮らしたんすよ、情けないこって（笑）。それで家を出て、……郵便物とかね、今までは、ウチは母《かあ》ちゃんだ、お祖母《ばあ》ちゃんだが、全部受け取ってくれて、家に居なくても受け取ってくれてた。今度は、そうはいきませんから、家に居なきゃいけない。

その昔、代官山のNTT社宅があったんすよ。そこでね、昔から良いところなんでしょう、停まっている車が、ベンツとかそういうのです。それで柿の木があってね、幼なじみと、ウチの兄貴と4人で、柿が生るとなると、皆でね、ちょっと取ろうとして、「でも、取れねぇなぁ」って、そのベンツの上に乗って（笑）、それで「（飛び跳ねて）エーッ、エーッ」ってね、それでボッコボッコですよ。でも、昔はやっぱ気持ちが豊かだったでしょう？　怒らなかったんですよ。「ダメだよ。降りなさい」みたいな感じでね、ウチに請求も来なかった。母ちゃんに、「やっちゃった」って言うと、母ちゃんが、

シイーッ」（笑）

「どれどれ……、ああっ、ボコボコ！　ああ、でも良い車！　やめましょう。シ

って、言ってね。でも、それで済んじゃった時代ですからね。思い出していくと、居心地よかったなと……。令和に変わる……、「戻らないかな」と思ったりなんかするんですすね。昭和の63年生まれですから、平成の最初のほうに戻っていただきたいなと。……言い方はおかしいけど、あのテレビでも、だから自分の意見言ったら、ピピー！　ピピー！　つって、コンプライアンスとかね、その番組にそぐわないとか、そういう感じじゃないですか？　嫌でね、生放送とかでね、いろいろ言うとダメなんでしょう？

例えばね、シャブというか……、薬をやりました。「やってもイイ」と思う人は、居ないでしょうよ（笑）。うん、わたしもやってイイとは思わないですよ。親父から、「ケミカルはやめろ」って言われていましたからね（爆笑）。だから、「ケミカルじゃないのは、イイのかな」と思いながらもね。

でも、そういうのもイイとは言わないけども、どういう事情があったのかとかね、その過程の奥を……、何かそれによっては、そっちに行っちゃったんですかねぇ？　とか、ちょっとでも同情する態度を見せようもんなら、「てめぇ！」ってね、「ダメって言わなきゃ、ダメ」っていうような……。って、言っていなが

らね、やり方から何から、全部説明してるんですよ、テレビで。「面白《おもしれ》ぇな」と思ってね（笑）。日本は、なんか本当に面白い。この薬に関してね、「面白い国だな」とわたしは思うんですよね。他所《よそ》の国みたいにね、もうやったら死刑にしちゃえばイイじゃないですか。本当にダメなら、ダメってんならね。もう、殺しちゃえばイイんすよ。「殺しちゃえばイイ」って、言い方は良くないか（爆笑）。……なんて言うんですか、お殺しになればイイんですよ（爆笑・拍手）。ねぇ、そんなのは。それで、イイじゃないですか？　そんなね、捕まえといて、執行猶予だなんだ、「まぁ、ちょっと出て行ってイイよ」ってことをやっといて、金だってね、大した額じゃないでしょう？　そんな芸能人からして400万だ。……400万だってのは、知らない……、稼いだことがないから、分かりませんけれど。その懐具合を見ながら、「これぐらいなら出せるだろう」という銭を量って、「それ、ちょうだい」って、……そうやって、日本は食ってんだろうなって思うんですよ。

港もちょっと厳重にするとか、他所の国からすれば、日本ほど入り易いところは無いらしいですね。入り易いし、捕まっても大した罰をくれねぇから、だから、「ありがてぇ」ってんでね。「ここは、お金に成る土地だ」って言うんですよ。そりゃぁそうだね？　もうちょっとガッツリいけばいいんですよ。

暴力団にだって……、勝てるでしょう、お巡りさん（爆笑）、数的に。締めちゃえばいいけど、締めない。金がねぇ、必要だから、必要悪ってんですか？　そういうので、ドンドンドンドン中途半端な感じになってます。

タバコだってそうですよ。わたしは怒りますよ。わたし、タバコ喫《の》みなんです。表で吸わせてくれないじゃないですか？　それで、喫煙所をね、……絶対に、……話題《これ》でも共感もらえないから、やめたほうがいいのかな（爆笑）。敵は作りたくな、……イイや（笑）。でもね、一つの意見としてね、たばこ税を払っているじゃないですか。そのたばこ税で、やってくれりゃいいんですよ……、その作ってくれればいい、ブースを。一回、禁煙運動の人と、番組かなんかで対談みたいになったんすよ。そのときにね、その人が言ったのは、

「全員が禁煙になってからが、平等です」

って、言って。だったら、こっちからしてみりゃぁ、もう「犯罪にしてくれ」と（笑）、もうタバコをね、もう違法にしてくれりゃいいんですよ。そこら辺で売っといて、こんな喉になってんのも、別にタバコのせいじゃないですよ、これは（笑）。（咳き込む・爆笑）昨日から、ちょっとね、様子がおかしいんですけどもね……。違法にしてくれれば、こっちだって公益社団法人［＊2］でございますからね。（今日出演する）あとの3人は一般社団法人［＊3］ですよ（笑）、今日のメ

［＊2］公益社団法人……公益性があると行政庁から認定された団体。

［＊3］一般社団法人……公益性の有無に関わらず申請すると認可される団体。

ンバーは。わたしは公益でございますから、だからね、違法になったら、こっちだって手ぇ付けないですよ。

わたしね、ずっと気になってたことがあって。で、こないだ、去年ですかね、禁煙派の人に訊いて、ちょっとパソコンで調べてデータとして出してもらったんですよ。未成年のですよ、たばこ税を上げることによって、未成年の喫煙率は減りますよ。その代わり、大麻……、「そういうのが、多分、数が増えるんじゃないかな？　検挙率が増えんじゃないかな？」って。わたし、そう思って、データを出してもらったら、見事に上がってるんですよ。

未成年の大麻……、それからケミカル系の奴とかも、全部上がってるんですよ。バカだから見つかっちゃう、子供たちは。だから、「やってる」って、「俺、やってんだ」とか、自慢しちゃうから、そういうのはピピーッ！　って、捕まっちゃう。大人はね、「やってんだ」って、言わないから、だからなかなか捕まらない。子供は、結構捕まっちゃうんすよ。

だったらもうねぇ、タバコをね……、配るとか（笑）。ねぇ？　タバコのブースを作るとか、なんかしてねぇ、ドンドンドンドン……、それかもう、0か100で、……なんで、こんなタバコのことを、今、言っているかっていうとね、落語芸術協会だけですよ。落語芸術協会のほうはバカだから、楽屋を禁煙にしたんですよ。新宿末廣亭、浅草演芸ホール、で、池袋……、寄席、普通の寄席。禁煙にしたんすよ。……腹ぁ立たないすかぁ（爆笑）？　そんなことない？　あっ、拍手、拍手してやがる、この野郎（爆笑）！　ウハッハッハ、本当にね、「居心地の悪い世の中になってきたなぁ」なんてね、思ったところから、そんなお噺でお付き合いを願いたいですけど、そんな噺はないんで、普通の噺を（笑）、お付き合い願いたいなぁと思いますけれども。

『干物箱』［＊4］へ続く

［＊4］『干物箱』……道楽者の若旦那は父親に外出を禁じられ家の二階に軟禁状態だ。そこで風呂に行くよと外に出て自分の声真似がうまい奴を二階に送り入れ、吉原へ遊びに行こうとする。さてその首尾は。

大人3人に、バカ1人

２０１９年6月15日　渋谷ユーロライブ
渋谷らくご　『強情灸』のまくら

御来場でありがたく御礼を申し上げます。続きまして、小痴楽でございましてね。最初、サンキュータツオさんが言ってくださいまして、今年の9月に真打昇進が決まっておりましてね（拍手）。ありがとうございます。今日、どういう高座をするのかによって、急になんかねぇ、延期するんじゃないかなと（笑）。ただ、今日、ありがたいことに、落語芸術協会の人間が一人も居ないんでね。何やっても、大丈夫だろうと思います。大体、落語芸術協会の人間は、こういったちゃんとした会に呼んでもらえないですね（笑）。あたしぐらいでございましょうか？　嬉しいなという訳でございます。

けれども、もうこの真打昇進、本当にね、おさん師匠［＊1］もそうでございます。きく麿師匠［＊2］もそうでございます。昇進の経験をして、先ほど楽屋でちょっとお話しさせていただいてね。「準備、進んでる？」って、皆さん気にして

［＊1］おさん師匠……台所おさんのこと。２００２年柳家花緑に入門、２０１６年真打に昇進。

［＊2］きく麿師匠……林家きく麿のこと。１９９６年林家木久蔵（現・木久扇）に入門。２０１０年真打に昇進。新作落語の爆笑派として人気を得ている。

くださるんです。ありがたいですね。本当に、この準備が大変なんですよ。あのう、自分の扇子を作ったりとか、それとか手拭いとか風呂敷作ったりとかするんです。あとパーティーをね、開くんですよ。真打昇進披露パーティーっての。それでお客さんを集めて、身内の関係者とか、そういうのを集めて、やったりなんかする。

本当はもう真打昇進ってのは、1年半、1年ちょっと前ぐらいに決めてもらえるんですよ。公表はね、1年前ぐらいかも知れないですけれども、その前にちゃんと理事会というのを、……協会の上の理事の人たちが開いて、「アイツ、そろそろだ」っつって、それで決めて、……じゃないと1年以上前に決めていただかないと大変なんすね。パーティーのホテルを借りますからね。会館を押さえる都合もありますし、この扇子一本作るにも、これ、大変なんですって。

「ただ、作ってください」

「いいですよ」

じゃないんですって(笑)。材料の竹を用意するんですよ、千本、2千本単位ですからね。急に、「あと半年で……」なんて言っても、「いや、いや、半年で扇子2千本なんて無理ですよ」って断られちゃうんすよ。

わたしが決まったのは、去年の暮れの12月でございまして、9ヶ月前、凄い、結構ギュッとタイトなんですよ。急に決まったんですよね。何でこんな急に決まったかって、ちゃんと理由がありましてね。ウチの業界ってのは、先のことを考えないいんですね（笑）。だから、こういう状態になってるんすけどね。ウチの落語芸術協会ってのは。東京の落語界は、協会が二つで、派閥で四つあるんすよ。

落語芸術協会、あと、今日のおあとの３人は落語協会、もう一つ立川流というのと円楽一門会というこの四つに分かれているんですよ。大体、協会でいうと落語芸術協会、落語協会なんでね。で、「何が違うの？」って、特に大して違いは無いです。演っていることは落語ですからね。同じ落語を演ってますから、全然違いは無い。ただ、落語協会は面白いけど、ウチの協会みたいに面白くないか（爆笑）、どっちかの違いでございます。大した違いはないですね。落語を演るというのは、変わらないんでね。

ただ本当に先のことを考えないんですよ。だから今回12月に、９月のわたしの真打が決まって、……何でそれが決まったかっていうと、神田松之丞さんという講談師、……あのペンペンの……（笑）、アハハ、いやいや……、バカにしましたよ（爆笑）。皆さんはね、「あの松之丞をバカにするなんて！」と思うかも知れない。こっちは中身を知っていますから、本物のバカですからね（笑）。それはもう、14年間、痛い目を見ていますから、ちょっとぐらいバカにしたって、誰も怒っちゃいけないですよ。こっちはね、大義名分がありますから、怒るだけの、バカにするだけの……。松之丞さんが寄席とか理事とかから、「こいつは、抜擢だ。こいつは凄いから、もう決めちゃえ」って、パーッと……。そしたら松之丞さんが、「いや、ちょっと、その時期忙しいんだよ」って言って、

「ちょっと忙しいのと、小痴楽は抜きたくないです」

って、

「あとで何されるか分からないす」(爆笑)

って、

「小痴楽は抜きたくないです」

って、言ったんです。したら、無くなるだろう、この話ね？　当人が断ったんだから、「それじゃ無くなるだろう。この抜擢は」と思ったら、うちの協会はバカですからね、

「松之丞に断られちゃった」

「理由は？　理由は？」

「小痴楽、抜きたくないらしい」

「ああそう、じゃぁ小痴楽上げちゃえ」(笑)

って、言ってね。それで急遽なんですよ。わたしのほうが先ですからね、松之

丞の弁は、
「兄さんのお披露目の半年後ですから、兄さんの披露目を見て、それでダメなところは直そうと思う」（笑）
人を何かねぇ、モデルみたいにしやがってね。それでねぇ、いろいろやることが、準備がいっぱいある。何よりもお金がかかるんですよ。真打のパーティーとかね、そういう披露《ひろめ》ってのは、毎日、打ち上げもあるんですよ。打ち上げってのはねぇ、どの職業についてるか、皆さん、分かりませんけれども、大体、「打ち上げだ！」ってなると、最終日じゃないすか？　何か、会社だったら、プレゼンでもして、企画出して、お話しして、それじゃぁ決まりってなった、「決まった！　よっしゃ、打ち上げ！」じゃないすか？　ここは、違う！　企画出す前から、「打ち上げ」って、打ち上げているんですよ（笑）。皆、打ち上げっぱなしでね。
だからもう、毎日行くんですよ。その日のことしか、考えてないですからね。初日が終わったら、もう打ち上げ。２日目終わったら、もう打ち上げ。３日目がないと思ってますから、噺家は皆、打ち上げ。それに毎日口上に並んでくれる師匠方も居ますから、その師匠方に、「今日は、ありがとうございました」って言って、打ち上げ会場に連れてって、それ全部、お支払いが当人ですよ、新真打の……。大体、この新真打ってのは、春とか秋とかに、3人とか5人で一緒になるんすよ。

そうすると、打ち上げのお金も3人、5人で割るんですよ。……わたし1人なんですよ（笑）。だから、割る相手が居ないんですね。それで貯金がゼロなんですよ（爆笑）。大体、皆ねぇ、貯めるんですって（笑）、聞いたところによると。ただねぇ、月々でお金をもらう訳じゃないですからね、我々の商売ってのはねぇ。

それで、今日は、こうやってシブラクに出してもらって、終わったら、今日ね、「ギャラです」ってもらうんですすよ。演る前には、くれないですね。逃げるかも知んないから（笑）、大体どの仕事場に行ってもあとにくれるんです。で、それもらったら、一席終わったら、現生《げんなま》を持って表を歩きますから、それはやっぱり帰り、……それ、……あるからぁ、あるからね、使っちゃったりするじゃないですか？

寄席とか行ったらね、コ×キみたいな前座がいっぱい居ますからね（笑）。いつ、どこで、……御免なさい。これ、コ×キはいけないんだ。ホームステイのぉ……（爆笑）、いやぁいやぁ、あのう……、もうね、何だっけ？　ホームの方々が、ああ、ホームレスの方が、いっぱい居ますからね。そういうような方々が、それで、「じゃぁ、行こうか？」っつって、飲み行って、それで気づいたら今日のギャラ使っちゃった。これ、もう、こういうもんなんですねぇ、この商売ってなぁ。それで、何とか、ちょっとちょっと残ったお釣りとかをかき集めて、そんときの家賃にしたりなんかする。そういうもんなんすよ。今まで貯めずに、この世界ずっと居ましてね。でも、やっぱ親父も落語家だったんですね。親父の動き方も、やっぱそうですよ。

お金もらったら、パァっと遊んで、地方に行ったら地方でお金そのままとっぱらい［*3］でもらえますから。名古屋に行ったら、名古屋で1週間、2週間泊まって、金使って、それで帰りの電車賃って、それだけ残して帰ってきたりなんかする。こっちはね、そんなの見てますからね。親父は、母ちゃんに玄関でカツアゲ食らってるんですよ（笑）。親父がガラガラガラって帰ってきて、母ちゃんが仁王立ちして、

「何しに来た?」（笑）

「ちょっと、一服……」

「何が一服だ、この野郎（爆笑）！　生活費、出せ、出せ」

「無い」

ポケットから、クシャクシャの1万円札を出して、で、母ちゃんが、

「前座かぁ、お前は（笑）？　もっともらってんだろ?　お前！」

［＊3］とっぱらい……主に出演料などが当日現金にて支払われることを指す。語源は〝取り払い〟からの転化か、〝当日払い〟の省略形か諸説あり。

「無いんだよ、使っちゃった」

「嘘つけお前、跳んでみろ！」

チャリンチャリン……、

「まだあるじゃねぇか！」（爆笑）

こんなのが、しょっちゅう……、小っちゃいときから見てましてね。やっぱ生活が出来ないですよ。生活費ってのがね、……家賃があって、ウチだったら車のローンがあったりなんかで、で、犬も居たから、それの餌代だなんだ。子供２人居ますから、そいつらの餌代だなんだ、……いろいろね、かかりますからね。

お金がないですね。で、父《とう》ちゃんが、ドタァと座って、母ちゃんが、

「金無いよ、お金」

「無い」

「無いじゃない。どうすんの？　今月、お金無いと生活出来ない。家賃も溜まってんだから、どうすんだ？」

「しょうがねぇなぁ」

って、

「勇仁郎、真太郎、下りてこい！」

あたしが勇仁郎で、兄貴が〝真太郎〟っていうんですよ。

「貯金箱、持ってこい！」

　で、貯金箱をガチャって割って、

「小銭はいいや」

　って、言って、札上げて、千円札とか1万円札、５千円札とか、そんなのパァーッて、真ん中に集めて、これをグシャッと持って、

「行ってくる」

　って、……で、麻雀に行くんですよ（笑）。麻雀の相手も、そこら辺の麻雀の相手じゃないんです。頬傷《こっち》の麻雀だから、「結構、金になる」って言ってね（爆笑）。で、丸々一日帰ってこないで、明け方に、

「ああ、良かったなぁ」

　って、言って、懐から帯付きをトントントンって3本ぐらい持ってきたりなんかして、それで、

「今月の生活に、２本はやる。１本は俺だ」

　つってね、ほんでまた遊び行っちゃうんすよ。そんなのずっと、小っちゃいときから見てますからね。教育として良くないですね（爆笑）。

　うん、帯付きまでは、いってないですけど、やっぱ使っちゃう……。それでやっぱり真打昇進ってなると、「番頭」ってのが、……補佐が居るんですよ、弟弟

子で。ウチの師匠の楽輔、弟子が四人《よったり》、４人居ましてね。小痴楽、明楽、信楽《しがらき》、楽ぼう［＊4］という……。この明楽、信楽というのが番頭で、側に付いていてくれるんですよ。

明楽さんってのはね、中卒でバカなんです（笑）。わたしと同じようなもんですよ。信楽ってのは、慶應義塾大学って大学出てる、バカなんですよ（爆笑）。この２人がね、もうちゃんと居ますからねぇ、安心して新真打の高座に臨める訳では……ないですね（笑）。去年の末でございますか、真打が決まって、それで、

「じゃぁ、番頭２人、よろしくね」

って、言ったら、明楽さんが、

「光栄です」

嬉しいですよ、「光栄です」なんて言葉をくれてね。

「光栄です」

「ありがとう」

「兄さん、やっぱり、パッとやるんすか？」

「やりたいけど、オレ、本当にお金ないから、出来るか分かんねぇんだ」

「……そうですか、……失礼ながら、兄さん、幾ら貯金があるんすか？」

「……ゼロ」


［＊4］楽ぼう……前座名・柳亭楽ぼうのこと。２０１８年柳亭楽輔に入門。２０２２年二ツ目に昇進し春楽と改名。２０２４年２月落語家廃業。

「えっ！　ゼロ？」

「だって、オレ、銀行嫌いだから一円も入れないんだ、銀行には（笑）。だから今、懐に入ってるお金が全財産……」

「幾らですか？」

数えて、

「60ちょっと。でもこれ、今月の家賃もあるから……」

「ああ、そうですか……。兄さん、いいお話がありまして、……あの、競輪というのが……」（爆笑）

「不要《いい》！　不要《いい》！　不要《いい》！」（爆笑）

「いや、兄さん、いや、違う、違う、違う、兄さん、違うんです。競輪、バカにしちゃいけないす。競馬とかと違いますから」

それで明楽さんの説明によりますと、普段のね、1月から11月まで、いつまでやってんのか知らないですけど、そういう時期にやってる競輪ってのは、もう、関してては、「コイツ、勝つだろう」で、賭《は》るんですけれども、年末の回、競輪の回だけに関しては、「今年一年を、お前に楽しませてもらった。お前に世話になった」ってんで、賭るんですって。

ですから、勝つ奴に賭る訳じゃないんだそうでね。明楽さんが、

「朗報です。今年は、オリンピックのメダル候補が居ますから、もう差が凄すぎる。どうやったって、もう、勝つ奴が決まってるんですよ。だから、競輪は勝つのは決まってるけど、負けるのは分かってるけど、『今年、1年楽しかったよ』で、その人に祝儀代わりに賭るから、だから60全部やれば、100にはなりますよ。どうですか？」

やっぱり、根性なしですよ……。

「やっぱり、やめとく」

って、言って、やめてね。

「そうですか」

って、言って、「残念だなぁ」ってなことを言って……。それやめて、年明けの新年会で、明楽さん捕まえて、

「どうなった、あれ？　勝った？」

「負けました」

よかったぁ、オレ（爆笑）。すっからかんになるとこです。

そういうのが番頭で付いてますから、本当にわたしがどういうことになるのか、楽しみでございまして……。こないだ、先月ね。兄弟、あと師匠も入れて旅行に行ってきたんですよ。明楽さんてのは、本当に抜けてる人でね。明楽さんが

車を運転して、わたしが助手席、うしろに信楽、師匠と車に乗って、鹿島神宮に行ってきたんすよ。どっかで、そのあと、銚子のほうへ泊まろう、1泊2日で。年に一遍、家族というか、一門で旅行してるんですよ。鹿島のインターかなんか下りたところでね、一休禅師の虎の衝立《ついたて》、……ですか？　というのがあって、それの石像みたいなのがあって、それでウチの師匠は、そういうの好奇心旺盛なんですよ。それ見て、

「何だよ、あれぇ、一休さんの奴じゃねぇか？　鹿島に、……こんな茨城に、あれだ？　一休は関係あるか？」

って。前の2人は中卒ですから、知らんぷりしてスルーする（笑）。したら、信楽ってのが大学出ていますからね。知っているみたいな空気出して、

「いや、確かあれですよ。一休さんは京都ですよ」

「そうだよなぁ、京都だよなぁ」

「そうですよ、京都ですよ」

バカみたいに2人で喋ってんですよ（爆笑）。「なんてのは、どっちでもいいじゃないか、赤の他人の生まれなんて、どうでもいいだろう」と思いながら（笑）、いつまでも、ずっと、どこどこ言ってるんすよ。そしたらもう、明楽さん、車を運転して、

「あっ、師匠、師匠！　やっぱり一休さん関係あるんですよ」

「お、そうかい？　何で？」

「至るところに、一休、一休、一休って書いてます」

って、言って、皆で、パッと見たら、「一休み」って書いてあるんですよ（爆笑）。「ほんの」とか、「ちょっと」って書いてある。そういうふうにパッと出ちゃう頭の悪い子でございましてね（笑）。

それで、鹿島神宮行って、要石《かなめいし》っていうのがあった。肝心の……肝心じゃねぇか、重要か、重要の〝重〟か〝要〟のどっちかの字ね（笑）。西書いて、女の石って書いて、要石。これに誰か偉い人が腰を下ろしたか、なんかで、祀《まつ》っているんですよ。小っちゃな鳥居みたいなのが、人が1人潜れるぐらいの崩れるぐらいの鳥居があってね。それで、ここに石があって、柵があって、結界みたいなのが張ってあって、

「何だこれ？　誰だ？　何？」

って、皆でワァーワァー喋ってた。そうしたら、ウチの師匠が手を合わせようとしているから、ボクも信楽もスッと引いて、明楽はバカだから、ずっと、

「え？　何すかねぇ？　これねぇ？　ねぇ？」

って、やってるんですよ（笑）。その最中に師匠が、手を2回拍手した瞬間

に、明楽が、（深々と頭を下げる所作）……（爆笑）。初めてですよ、拝んでる人に、拝み返すって（笑）。ウチの師匠、

「おめぇを拝んでんじゃねぇ（爆笑）、バカヤロウ！　どけ、お前！」

「すいません……、だと思いました」

って、言ってね。頭、悪いでしょう？　それで、まぁ、パァーパァー、神宮を楽しんで、銚子のほうへ行って、灯台……。一番、端っこなんですってそこが。日本の千葉のそこ行って、「灯台に、こう上ろうじゃねぇか」って、灯台に上って、上るの１人、３００円かかるってね、うん。ただあるものを上るだけになんで３００円取るんすよ（笑）。「まぁ、イイや」と思ってね。「こっちとら、江戸っ子でぇ」って言って（笑）。「師匠、どうぞ」って、師匠に払ってもらって（爆笑）、うん。そらぁ、そうですよ。この世界は上下関係が厳しいからね、うん。上が出さないといけないんです。しょうがないです。それで、師匠が、

「幾ら？　３００円？　取るなぁ」

って、言いながらねぇ、

「大人３人に、バカ１人」

って、言ったんですよ（爆笑）、受付のお婆ちゃんに。で、「バカ１人」って、誰とも言っていないんですよ。弟子が３人控えていてね。で、

「大人3人に、バカ1人」

って、言った瞬間にね、受付のお婆ちゃんが明楽さんを見て、

「そんなことないわよねぇ〜（爆笑・拍手）。イイ子にしてたわよねぇ〜」（爆笑）

って、言って。で、師匠が、

「何で分かったんだぁ？」（爆笑）

パーッと見て分かっちゃうぐらいの頭の緩いほうでございましてね。そういうのとね、パァー、パァー、パァー、パァー、旅行に行ったりなんかして、年に一遍、面白いもんでございますよ。一切ね、仕事を絡めない。

師匠は絡めようとしたんですけど、わたしが嫌なんでね。「仕事として行くのと、別にしてもらいたい」って、「嫌です」って、ウチの師匠は優しいから、「ウチの一門の中で、一番忙しいのは、小痴楽だろ？　お前のスケジュールに合わせるよ。俺、暇だから……」

って、言ってね。そういうことをちゃんとフランクに言ってくれる人、優しいんですよ。パァー、パァー、パァー、パァー、お喋りをずっとするんですけどね、飲んでいても、もう凄いフランクでございましてね、ウチの師匠ってのは。

師匠が何か変なこと言っていて、

「師匠、面白くないっすよ」

とか言ったら、
「頑張るよ」（爆笑）
とかって、言ったよね。
もう凄い、トントーンと返してくれる優しい師匠なんですよ。で、やっぱ弟子はね、子供みたいなもんですからね。それで、今、ビジネス師弟みたいのが多くなってる、今の落語界の世の中でね、本当に家族旅行みたいに行くのが、ウチの師匠は、本当に嬉しいんでしょうね。凄い、イイ気持ちに酔っ払ってくれるんですよ、「嬉しいな、嬉しいな」って。
もうね、夜中になって本当に酔っ払って、本当に嬉しかったですからね？　酔っ払っちゃってね。
「いや、本当に俺、嬉しいよ。もうお前たち、弟子で居てくれるから……。もう、お前たち、あれだ！　明日から俺のことを、『楽ちゃん』と呼んでいいから……」（笑）
って、呼べないですよ、そんなの。でも、明楽がやってくれますね。
「イイんすか？　楽ちゃん」（爆笑）
その瞬間に、さっきまで楽しかったウチの師匠が、
「明日からって、言ってんだろ！　このヤロウ！　おまぇ！」（爆笑）

何かよく分からない、凄く仲の良い一門でございましてね。

全員でね、（旅行は）割り勘で行くんすよ。去年は、わたし全部ね、弟子で出して、師匠を接待だったたんですけども。師匠は、楽しかった。でね、

「割り勘って言ったら、お前たち若いのだけで行きたくなるだろうけど、もし、俺を入れてくれんだったら、俺も入れて、皆で割り勘で行かないか？」

って、

「余ったお金や何かは、皆でまた飲もうよ」

って、

「そうしましょう」

って、言ってね。毎月1人、5千円入れるんですよ。去年の6月から始めて、今年のこの間の5月まで、11ヶ月。皆1人、5千円をちゃんと入れるよって、……ちゃんと入れてるのは、ウチの師匠だけでね（笑）。「どんだけ行きてぇんだ？　コイツ」と思いながら（笑）、皆でパァー、パァーやってね、面白い一門でございましてね。

そういった師匠も披露目には並んでくれてね。「こいつは、なんか晴れて真打で、どうのこうので」って、バカだ、なんだ言う、おお……大喜利じゃない、口上がありますから（笑）、披露《ひろめ》も9月からね、よかったら、来ていただきたい

など。……また面白いのがね、大体なんか皆ずれるんですけど、今年の9月は落語協会のほうが先に決まってたんです。わさび兄さんとかね。喬の字兄さん[＊5]、左吉兄さん[＊6]、う〜ん、うん、思いだせない……、ぅうん兄さん（爆笑）。この4人が決まって、9月21日から鈴本演芸場スタートで。で、あたしは急にガーッと、同じ時期から成ってしまってね。鈴本に入れなかったら、新宿に来ていただければ、どっちかで披露《ひろめ》を演ってるんでね。遊びに来ていただきたいなと思う訳でございます。

またね、どっちも行くと、イイっすね。向こうは、ちゃんとしてると思うんですよ。こっちは、本当に砕けてますからね。そういってね、人間の違いっていうのを、楽しんでもイイじゃないけど、そういった楽しみ方も予想出来ますから、来ていただきたいなと思ったりなんかする訳でございますけども。

まぁ、落語に出てくる人間、……入ります、落語に（爆笑）。江戸っ子なんてのが居ますよ。ウチの師匠もやっぱ江戸っ子ですね。金払いが素晴らしいっすよ。

さっき言った話に戻りますけど、……去年の弟子一同で、お金貯めたので旅行に行って、で、帰り道、

「幾ら余った？」

［＊5］喬の字兄さん……柳家喬の字のこと。現・柳家小志ん。2004年柳家さん喬に入門。2008年二ツ目で喬の字、2019年真打に昇進し小志んと改名した。

［＊6］左吉兄さん……初音家左吉のこと。現・古今亭ぎん志。2004年初音家左橋に入門。2019年真打に昇進し古今亭ぎん志と改名した。

「幾らか、何万か余りました」

「そうか、ウチのカミさんを呼んでもう一軒、もう一軒行くぞ」

って、言ってね、人の金で、人のお金で宵越しの金を持たないという、非常に気持ちの良い静岡生まれの江戸っ子でございましてね（笑）。

そんなパァー、パァー言ってるのが、江戸っ子でございますよ。腸《はらわた》がなかったりなんかしてね。強情な人間でございましてね。何かっていうと、「煩《うるせ》ぇ！」って、強情な人間が、江戸っ子のイメージが幾らもございますけれども……。

『強情灸』［＊7］へ続く

［＊7］『強情灸』……灸をすえてみたがえらく熱かったという友達が来た。するとこの男は「情けねえな、俺が見本を見せてやらあ」と腕の上に山のようなもぐさをのせて火をつけたのだが……。

しくじり倒しの14年間

２０１９年８月11日　渋谷ユーロライブ
渋谷らくご　『花色木綿』のまくら

おあとお目当てまで、今暫くお待ちいただきたいなと思います。柳亭小痴楽でございましてね。

先ほど最初の志ん五兄さん［＊1］が仰ってくださいました。兄さんとはずっと、入ったときからずっとお世話になっておりましてね。初めてのときの会話も、ずっと覚えております。兄さんはスケートボードをやるんすよ。スケボーを、あの顔でやるんすよ（笑）。それでねぇ、ウチに、酔っぱらってウチに来て、それで夜中にずっとスケボーを教えてくれたりなんかした思い出が幾らかございましてね。いろいろやっぱり、ずっと入ったときからしてくださってますからね。いろいろ心配をしてくれてますね。今日も会った瞬間に、

「もうちょっとだね。どう、大丈夫？」

「ダメです」

［＊1］志ん五兄さん……古今亭志ん五のこと。２００３年初代古今亭志ん五に入門。２０１０年師匠の逝去で志ん橋門下に移籍。２０１７年真打に昇進し二代目古今亭志ん五を襲名した。

「ダメか？」（笑）

って、いうようなねぇ。ほんでね、あの兄さんも軽い、いい加減な人でございますからね。

「ダメか？」

「ダメです」

「ダメか、……そうか、頑張れ」（笑）

というような、それでパァーッと笑顔で帰っていくという、何の解決もしないですね、あの兄さんとお話ししてもね。

いろいろ心配をしてくださいましてね。本当に真打昇進の準備というのは、大変なんですね。いろいろいろいろやることが、ドンドンドンドン山積みでございまして、まずこないだ先一昨日ですかね。記者会見がありましてね、いろんな記者さんがいて、それ以外に挨拶回りもした。わたしだけ黒紋付で、紋付羽織袴で、協会の昇太会長［＊2］、副会長［＊3］、それから小遊三師匠、米助師匠、ウチの師匠、皆でバスに乗って、各寄席に回って挨拶回りをして、それでもって、1ヶ所ホテルで記者会見があるんですよ。

そこでねぇ、……基本的に黒紋付を、わたしは着ないんですよ。羽織ぐらいは着るときがあるかな？　ぐらいで、紋付羽織袴で高座に上がることが、本当に14

［＊2］昇太会長……春風亭昇太のこと。1982年春風亭柳昇に入門。1992年二ツ目時代の名の昇太で真打昇進。2003年SWA（創作話芸アソシエーション）結成。テレビ『笑点』大喜利の司会者には2016年に就任。2019年落語芸術協会会長に就任した。

［＊3］副会長……2019年の6月から前任の三遊亭小遊三の後を受け、八代目春風亭柳橋が就任している。

年間で一度も無いぐらいの勢いでございましてね。黒紋付が嫌いなんですね。なんかね、畏《かしこ》まっている感じがして、あと、〝紋を背負う〟ってのは、本当に嫌ですね。プレッシャーがありますから、なるべく紋を背負わないように……、柳亭っていうのも、たまに柳家って間違えられたりしているんすがね（笑）、いろんな落語会に行くと。もう、「そのままで」って（笑）、ほらね、何かミスったときにね、柳家のせいに出来るから（爆笑）、柳亭は汚さないでいられますからね。

「そのままで」って、チラシとかも刷り間違えて、

「〝柳家〟って、本当にこんな大変な失礼のことを……」

「ああ、イイ。そのままで、イイ。そのままで、イイ」

って、

「そういう感じでいきますから」（爆笑）

って、言って。そのぐらいのいい加減な人間なんでね、わたしのほうは。でね、もう黒紋付は滅多に着ないから、

「セットで置いてある風呂敷の中に入ってたんだ。これだな、ああ、紋も付いてる。これだ」

って、パーッって持ってきて、パッと開けたら両方とも着物なんですよ（爆笑）。羽織が無いですよ。で、昇太師匠が、

「マジか……、お前？　マジか、お前（爆笑）。お前、これから記者会見だぞ」

「ど、どうしましょう？」

「羽織紐は、今、持ってんの？」

「羽織紐は付け替えようと思って、別で持ってきました」

「んじゃぁ、セロハンテープで……（笑）、座ってりゃイイから。座ってりゃぁ見えねえから」

　って、でもウチの弟分が、

「兄さんのウチに取りに行きます」

　って、車走らして取りに行ってくれて、それで何とか記者会見の5分前に間に合うという黒紋付。それぐらいのゴタゴタでございましてね。口上書きも、もう半月前ぐらいには、いろんな先輩方に配ってなきゃいけない奴が、出来上がったのが3日前でございましてね。それぐらい全てが、後手後手の、今、披露《ひろめ》の前段階でございます。

　考えているのは、終わった後の打ち上げのことだけでございましてね（笑）。

「どこに行こうかな？　あそこに行こうかな？」と、それだけでございますので……。また記者会見でもね、ありがたいっすよ。小遊三師匠からね、皆、バアーッと並んでくれて、一緒に頭を下げてくれて、インタビューを受けてくれる。これ本当に嬉しいんですけどね。昇太師匠が居て、柳橋《りゅうきょう》副会長が居て、ウチの師匠が居て、わたくしで、小遊三、米助という、この2人、こっちはもう理事でございます。で、師匠と理事、協会の会長、副会長、こっちはもう参事という、……もう理事を引退したんですよ、このあいだ。参事という何かね、……新しく役職を何か適当に作って（笑）、それで、なんで居るんだろう？　何か、協会のほうが言ってくれたらしいんですけども、呼んだ理由が、ウチの父親と同期だって、凄く仲良かったんす。だからね、なんか呼んだんだそうでございます。本当に、ありがた迷惑でございますね（爆笑）、協会の。

お陰様で、記者会見がグチャグチャになりましたよ。会長の挨拶して、副会長の挨拶して、師匠の挨拶して、それでわたしの挨拶して、「それでは、米助師匠」って、

「私はこいつの落語はよく知らないです」（笑）

そっから始まって、「嘘吐け、バカヤロウ」と思いながら、「てめぇより、上手《うめ》ぇわ」と思いながら（爆笑）、で、「知らないです」って言ってて、……へへへ、今の嘘よ（爆笑）、今の嘘だから、今のところ、イイのか？　笑い声があったから、「やめろよ」と思って（爆笑）、アハハ。

でね、そういう面子でね、

「こいつは、小っちゃい……、生まれたときから知ってるから、まぁ、甥っ子みたいなもんで。オジさんとして今日は、オジさん代表としてここに来ました」

って、言って、「じゃぁ、帰れ」って思いながら聞きました（爆笑）。で、次が小遊三師匠、

「もう、私は理事ではございませんで、あのぅ、参事という役職でございます。『参事とは何だ?』、参事と、参事でございますから、合わせて6時が今日ここで……」

って、訳が分からないこと言い出して（爆笑）。もう、大喜利大会みたいになって、昇太師匠も、ふざけて、

「新婚です！」（爆笑）

とかって、言っているんですよ。「邪魔だぁ、邪魔だぁ！　お前《めえ》に持っていかれるだろう！」と思いながらも（爆笑）、こんななんですよ。今まで何回かね、記者会見のお手伝いにね、行かしてもらったんですけど、二ツ目の最初のときとか。そんなんじゃなかったですね。もう記者の人も、どんなに芸人がふざけても、

「はぁ……、はぁ」

って、言っていて、こっちのほうもカチッとなっちゃってる。ガチガチの記者

会見を今まで想像したんですけど、なんか、今回全然ふざけた感じで、「もうちょっと、ちゃんとやりたいな」っていうのがあるぐらい、ふざけてるんですよ(笑)。

しょうがないから立ち上がって、挨拶の前に立ち上がって、
「皆、ちゃんとやろう」(爆笑)
とか、言い出しちゃったりとかしてね。新真打がそんなことを言いだしちゃったりしてねぇ。

でもってね、記者さんもいろんな質問をしてくださいましてね。落語芸術協会だと15年ぶりの1人真打ということで、……これはもう、抜擢とかではなくて、たまたま、「じゃぁ、こういうふうに組んで、こうか」って言ったら、「こいつ1人余計だ……、じゃぁ、もういいや。小痴楽1人で上げちゃえ」というような感じで決まったんですよ。さらに本当のことを言うと、松之丞さんを抜擢しようとして、松之丞さんが、

「小痴楽は抜きたくない。後で何されるか分からない」(爆笑)

そういう理由で、

「小痴楽兄さんを抜きたくないです」

って、言ったら、

「小痴楽抜きたくないの？　じゃぁ、小痴楽上げちゃえばイイ」（爆笑）

　というようなところてんで、なってるんでね。

　だから大して理由もないんですよ。それをね、記者の方は分からないから、「何か意味があるんだろうな」と思ったんでしょうね。わたしのことを知らない。記者さんは。だから、「どんなに凄いことなんだろう」というのをね、訊きたいんでしょうね。理事はじめ、師匠方に、

「質問です。小痴楽さんはちょっと置いといて、皆さんに質問です。今回15年ぶりの落語芸術協会からの１人真打という大きな披露興行になると思います。この１人に、……小痴楽さんを１人にした決め手、この人には、こうなってもらいたいとか、こういう芸が、こうだからこうなったという。そういったところがあれば、１人ずつお願いします」

　って、言った瞬間に全員下向いて（爆笑）、「何、これ？」というような、ふざけきった記者会見でございましてね。楽しくお終いまでね。11月のお終いが国立演芸場である。「乗り切っていきたいな」と思う訳でございますけども……。

　本当、早速、しくじりを重ねておりましてね、もう。この落語界ってのは、本当に何ていうのか、何か普通の社会じゃないんで、ルールがあるようで、無いんですよ。この人の考えが、もう正解、この人にとっては。全部が正解で、全部が

しくじりになるんですよ。

　面倒臭い社会でございましてね。でも、そういった忖度だ、……本当に落語界は、忖度、モラハラ、パワハラ、セクハラ、これで成り立ってますから（爆笑）、それが居心地がいい部分ではあるんですけど。それがね、今回、如実に、「面倒臭いな」って感じたりとかするところも、幾らもございましてね。

　でもって、いろんな事務作業を後輩に手伝ってもらったりなんかするんですよ。パーティーの案内状を送って、……結婚式の奴みたいですね。このご挨拶とかあって、日時とか記して、で、折ってあって、中にそのホテルの地図と返信はがきを挟んで、それでパァッと送る。それを一昨日送って、昨日、遊三師匠［＊4］という小遊三師匠の師匠でございます。ウチの協会の、一番上が米丸［＊5］で、その下でございます。その師匠から、事務局に電話があって、「返信はがきが入ってない」って言う……（笑）。「うわぁ、やっちゃった」と思ってね。で、もう事務局は慌てているんです。「遊三師匠になんてことを！」って、言って。でも、わたしはね、もうずっと、しくじり倒してきましたから（笑）、もう片っ端から前座のときからしくじってますからね。

「遊三師匠すか、分かりました。じゃぁ、適当に謝っておきますわ」

「いやぁ！　どうするんですか、これ？」


［＊4］遊三師匠……三代目三遊亭遊三のこと。1955年四代目三遊亭圓馬に入門。1964年真打昇進で三代目遊三を襲名。小遊三は一番弟子である。

［＊5］米丸……四代目桂米丸のこと。昭和のテレビお笑い番組で大活躍したことを記憶している落語ファンは多い。2024年白寿を迎え現在東西落語家中最高齢である。落語芸術協会最高顧問。

「いや、もうもうもう、任せてください。こっちで全部やります」って、言って。遊三師匠に電話して、

「師匠、すみません。なんか、入ってなかったみたいで」

「そうだよ、お前。返信用はがきが、返信入ってねぇ。だから、パーティーに行って良いのか、悪いのか？　分かんねぇじゃないか、バカヤロウ」

「すみません。来てください」（笑）

「そうかぁ、じゃぁ、行くけどよぉ。返信用はがき、送れよ！」

「返信用はがき、今からもう、直ぐに返信用はがき送ります」

「おう、お前、ちょっと一応教えとくけど、返信はがきを封筒に入れて送れよ、お前（爆笑・拍手）。返信用はがきをマンマ普通にポストに入れるな。大丈夫だな？」

「ええ、そこは大丈夫です。任せてください」

ガチャってね。そういう洒落で返してくれたりなんかしてね。遊三師匠は、本当に思い入れがありましてね。もう前座のとき、わたしはA型で、変なところが几帳面なんですよ。ネタ帳を前座で書くってて、キレイに書いて、字を揃えたりとか、キレイに書いて。どっか字を間違えると、裏の紙を千切って貼って、書き直したりなんかするんですよ。で、ネタ帳がそうやって汚れると、一気にあたし

は、やる気なくなって、そっから先はピャァーッてなるんです（笑）。適当に、もうパァーッて、走り書きみたいになるんすよ。

で、遊三師匠が出番前でネタ帳を渡されて、

「おう、ちぃ坊、ちょっと来い」

「へぇ」

「今日はここまで集中出来たな（爆笑）。明日、ここまで頑張ろう」

という、そういう洒落をやってくれるような優しい師匠でございましてね。

本当に、しくじり倒してましてね。でも、まぁ、こういうのはねぇ、師匠方もね、小言を言いたいですよ。これは嬉しいもんでね、小言を言ってくれるだけ、こっちはマシですよ。小言も言われずにね、

「ああ、やってる。バーカ」

って、思われるのが、一番、……それぐらい相手にされないのが、一番悲しいですからね。

「おい、間違えてる。オイ！　小痴楽、こっちへ来い！」

と、言ってくれるのが、本当に、今んところ、「幸せだなぁ」と思ったりなんかして……。ですから、今んところね、この2月間、これから披露《ひろめ》がありますけども、いろんな師匠を、これから、ドンドンドンドンしくじっていくと思うんで

すよ（爆笑）、あたしはね。何が入ってないとか、何か字が抜けてたとかね、字を間違えてるとか、何かあると思うんですよ。

で、この人をしくじって、この人はしくじってないってのは、一応角《かど》が立つから（爆笑）、片っ端から、１人漏れなくしくじっていこうかなと。今、どうしくじれば、どうやれば、まだしくじったことがない……、14年間で、しくじったことがない師匠も、一応は居るんです。ですから、「あの人は、どうやったら、どこ押せばしくじれるんだろう」という、今、ずっとそればっかり考えてるところでございましてね。噺のほうでもね、しくじり倒すってのが、大体古典落語の主人公でございますよ。抜けてるのが主人公でございますから、わたしみたいな泥棒さんが出てくると、噺の幕開けでございまして……。

「おーう、新入り！　新入……、この野郎、暇さえあれば居眠りばかりしてるんだ。おう！　こっちへ来い」

「へっへっへ、どぉ～も、親分。ご機嫌よろしゅう」

「何を言ってんだよ、呑気な野郎だなぁ」

『花色木綿』［＊6］へ続く

［＊6］『花色木綿』……間抜けな泥棒が貧乏長屋に入りふんどしを盗んだところ、住人が帰ってきたので床下に隠れた。ところがこの住人、泥棒の入ったことを理由に大家から家賃の催促を待ってもらうことにしたのだ。高価な着物や布団など、持ってもいないものを盗まれたと言いだす。

2年前の寝坊事件と、べらぼうの正体

2019年9月13日　渋谷ユーロライブ
渋谷らくご『大工調べ』のまくら

小痴楽でございまして、お付き合い願います。すいません、来てしまいまして(爆笑)、はい……。2年前［*1］に、お越しになってくださってた方はいらっしゃいますでしょうかね。そのときは、一応、ボクは終演間際には間に合いまして、……間に合ったとは言えないですね(笑)。終演間際に来まして、ちょうど師匠が［*2］、『金の……』、金のじゃない、『三井の大黒』［*3］というネタに入ったところでございましてね。終演手前ぐらいで、大ネタに入ってくださいまして、最初から最後まで、わたしは聴けたんですよ(爆笑)。

　非常に凄い芸を観せていただきまして、あのときいらっしゃったお客様はね、誰のおかげであれが観れたかと(爆笑)……、言いたいところでございます。わたしの個人的な事情《もの》でございますけども、今日が二ツ目で、この〝シブラク〟が最後でございましてね、真打になって出してもらえるのかどうか、今日の芸次第

［＊1］2年前……2017年9月11日「渋谷らくご ふたりらくご」に出演予定の小痴楽が寝坊をして大遅刻。共演の入船亭扇辰師匠が代わりに二席演じた。本人は最後に登場し謝罪した。

［＊2］ちょうど師匠が……入船亭扇辰師匠が二席目のネタに入ったところ。

［＊3］『三井の大黒』……左甚五郎が江戸にやってきて大工の政五郎宅に世話になりつつ、豪商三井家から注文の大黒様を彫り上げるという噺。

でございましてね。今日が良ければ出してもらえる。悪ければ、「次こそは、良いだろう」で出してもらいたい（笑）。そういった今日この頃でございます。

本当に先輩、後輩に助けられてね、この真打にもうちょっと出させていただく訳でございますけれども。今日もそうですね、やっぱ難しい……、（扇辰）師匠は、「ちょっと昼寝した」と言っていましたけど、わたしはもう恐れ多くて昼寝が出来ないですよ。その代わりね、やっぱね、こっちも学びますからね。バカじゃないですから（笑）、……分かんないけど……（爆笑）、そこにちょっと自信が全然持てなかった。

前回はね、言い訳をしますと、ずっと寝られずに、1日、2日、寝られずに……、もう、しょうがない。もう昼まで……、夕方からの会だったんですけど、昼間に、もう寝られない。「ダメだ」というので、チラシの折り込みを自分の部屋でやって、それをやりながら落ちてしまいまして、起きたら6時開演で、6時半という……、そういったところで、「もう、寝なきゃいけないな」と、思ってね。「寝なきゃいけないな」と思って寝ようとしてれば、……寝られれば、今まで通り、一遍クビにもなってなかったんす。……で、もう寝坊でクビにもなっていますから［＊4］、本当に懲りないもんで、それでもやっぱり、「どうでも寝なきゃいけないな」と思って、昨日は、もうね、もう12時間ぐらい寝てますよ。逆に

［＊4］寝坊でクビにもなっていますから……2008年桂平治（後の十一代目桂文治）の弟子時代、あまりに寝坊が多いという理由で破門されている。

寝過ぎでね、今日ちょっと首が痛いんですけれどね。まあねぇ、寝なくても寝坊《そういうこと》をやってしまうし、寝てしまっても、首が痛くなったりなんかする。サロンパスをずっと、今、貼ってるんですよね（笑）。「生きるって、大変だなぁ」と（爆笑）、思いますねぇ。

社会不適合者とか、そういう人たちは、よく結婚不適合者とか言いますけどね。何か、「生きるのに不適合者なんだろうな」というのが、凄い感じますね。ニートっていってね、そういう人たちは、「イイなぁ」と思いますよ。お金あって、家でね、ずっとゴロゴロしてられるんだろうと……。それもね、「ゴロゴロしっぱなしも、疲れるんだろうな」と、思いますけど、まぁ、ちょっとこういって、表に出させていただける。またねぇ、しくじったりなんかしても、こうやって機会をいただける、「今が、一番幸せなんだろうな」と、日々実感をしております。

やっぱり、後輩からも助けられてます。小言もいただきますよ。先ほども、そうでございます。今日の前座さんにね、扇辰師匠のまくらをこうやって、今日はモニターで聴いてて、「へへへ、へへへ」って、笑っていたんですよ。そしたらね、前座さんが、

「ここは、笑うとこじゃありません」（爆笑）

……いろいろ教えていただきました。「今、違うんだな」って、「笑っちゃいけない。そうだ、自分のこと自分のこと」って思いながらね（爆笑）。自分のことも忘れちゃうぐらい、まくらがね、素晴らしい……（爆笑）。だから、あれだよ。「これ、誰のことなんだろう」なんて（爆笑）、……本当に申し訳ございません、本当に（笑）。

2年前もね、ちょっと師匠に助けていただいて、（落語が）終わってからもね、ちょっと出て、「一言詫びなよ」と、お客様の前に出る機会もいただいて……。で、終わってからも、ツイッターでもね、いろいろ、いろんな方々からお小言をいただいて、（会場に）来てくださった方もね、

「どうなってんですか？」（笑）

と、お小言をいただきました。いらっしゃってなかった方も、

「何、やってんですか？」（爆笑）

と、……でも、これはね、「いや、来てないんだから言うな」とは思いませんよ。やっぱり、それはね。明日は我が身ですからね、その人はやっぱ心配でしょうがないでしょう。

ただやっぱ怖くてね。今は、SNSってんでね、もう凄い……、いろんな……、「この人、誰なんだろう」という人から、いっぱい意見をいただいたりな

んかする。でも、こっちも目に見えない人からだから、それは怖いですよね。人かどうかも分かんないから（笑）、こっちも、「嫌だなぁ」って、変な気持ちになります。誰に言われてんだかが、分からない。

言ってもらっている人が、分かればねぇ、イイんですけど。誰かが分からないから。だから、こっちも、扇辰師匠に「反省しろ」と言われるのと、匿名《そのひと》に、「反省しろ」って言われるのと、全然、心の入り方が変わっていきますからね。「誰？」と、「あなたはね、誰？」と、こっちも、どっかでなってしまう……、なっちゃいけないのは分かりつつも、なってしまったりなんかする。

それでも、そういうツイートがワーッと来てね。サンキュータツオさんも、「もう、けじめをつけました」と、書き込んでくれたりなんかして、文蔵師匠［＊5］も書き込んでくれても、やっぱり止まらない。10日ぐらい、ワーッといろんな人からのお小言をいただいてね。こっちも怖いから、もう嫌んなっちゃった。携帯触らなくなっちゃった。もう、ツイッターとか知らねって、もうイイ、ポイッとやっちゃったんですよ。そのときに、パッと見たらね、今はもう亡くなりましたけれど、左談次師匠［＊6］でございます……、左談次師匠がね、わたしのその過去のツイートに、返信をしてくれて、まぁ、言葉は全然違いますけれどもね、ちゃんと覚えてないです。すいません（笑）。

［＊5］文蔵師匠……三代目橘家文蔵のこと。1986年二代目橘家文蔵に入門。2001年真打に昇進し文左衛門。2016年三代目文蔵を襲名した。

［＊6］左談次師匠……立川左談次のこと。1968年七代目立川談志に入門。1982年真打に昇進。翌1983年師匠談志の落語協会脱会に伴い、新たに創設した落語立川流所属となった。2018年食道がんのため逝去。がん治療中も「渋谷らくご」にて「落語家生活五十周年記念興行」を行い精力的に活躍していた。

「何があってもね、気楽に生きればイイじゃない。そういうもんじゃないかな……。でも、そんなことを、今、言っても無理かな？」

みたいなことを、ポロッとわたしにくれたんすよ。その瞬間から、そういった方々のツイートがわたしに対して無くなって……。こうやってね、やっぱ、皆、いろんな師匠方が守ってくれる。この落語界、本当に生きていて幸せだなというのは、日々実感する訳でございます。扇辰師匠も優しいですね。昨日わざわざメールくれましてね。「明日、ネタ、何演んの？」と、訊いてくださって、気になさってくれて、「演りたいもん、演んなよ」ということですよ、「俺が避けるから、違うネタやるから」と、「似たような噺をしないように、気をつけるから」ということですよね。「何演るの？」って、これ嬉しいじゃないですか？　電話して、

「師匠、メールありがとうございます。『大工調べ』［＊7］、これを演るんですけれども（爆笑）、……（ネタ出しして）御免なさい、御免なさい（笑）。『大工調べ』を演りたいんですけれども」

「ああ、いいじゃない」

って、言って、優しいですよね。それを訊いてくれるのね。

それで、もうこれはね、ちょっと迷ってるネタもあったんすけど、やっぱりオ

［＊7］『大工調べ』……与太郎は腕のいい大工だが頭が弱い。そんな与太郎は大家から家賃のかたに大工道具をとられてしまう。これを心配した棟梁は大家に談判に行くがちょっとした言葉の言い違いで大喧嘩になってしまうという噺。

レは、もう決め打ちで、畜生め、……畜生じゃない（爆笑）、このヤロウ……、このヤロウでもない（笑）、……あのう、頑張ろうで、

「決め打ちで、『大工調べ』を演らせていただきたいです」

扇辰師匠、ありがたいですね、

「（扇辰師匠の口調で）イイじゃない！　十八番にしなよ。あとは、起きられるかだね」

プチって、電話切れて（爆笑・拍手）。「怖っ！　怖っ！　怖い」と思ってね（笑）。本当に、でも、「そんな電話来たあとに、よく直ぐ寝られたなぁ、12時間も」と（爆笑）、本当に自分の成長を日々実感してる訳でございますけども。

「江戸っ子は　五月の鯉の吹き流し　口先ばかりで腸《はらわた》は無し」

腸は無いぐらいですから、江戸っ子ってのは塩辛にはならなかったなんていう……、くだらないことを言ってる人がおりますけども、「火事と喧嘩は江戸の華」ってね。江戸っ子は啖呵をきりますよ。「てやんでぃ、べらぼうめ」なんていう。むやみやたらに、この「べらぼう」という棒を振り回す。「べらぼう」という棒が、どういうものかを調べた人が居たんだそうで。あれは、「べらぼう」じゃないんだそうで、「へら棒」なんだそうでございます。「へら棒」、お飯《まんま》を潰して、続飯《そくい》を拵える。糊みたいなもので、あれを拵えるときに使う竹の篦《へら》、あれ

を言いたいんだそうでね。つまり、「穀潰《ごくつぶ》し」と、こう言いたいんだそうでございます。つまり、この啖呵をきるときにねぇ、

「何言ってんだぇ、お前《めえ》みたいな奴は、普段無駄口ばかり食《く》らってる穀潰しじゃねぇか」

と。こう言いたいんだそうだ。ただ、長ったらしく、こんな、啖呵をきるときに言えませんよ。今、偶然《まぐれ》で噛まずに言えましたけどね（笑）。さあ、これは噛みますから、ですから噛んじゃいけないってね。

「ってやんでぇ、へら棒め！」

と、詰めたんだそうで、「へら棒」じゃ具合が悪いだろうってんで濁して、

「ってやんでぇ、べらぼうめ！」

って、こういう文になったんだそうでございます。こういった説があるんだそうでね。

我々も、こういった高いところからお喋りする訳でございますから、一応この足りない頭で調べますよ。今朝ほど、ドイツ語辞典で「ベラボー」で調べたら書いてあったんでね（笑）。「本当なんじゃないかな」と思いますけれども。そういった江戸っ子、お職人衆なんてのはねぇ、つむじ曲がりの集まりでございますから、下の者はね、「嫌いな上が居るってのは嫌だよ。嫌《きれ》ぇなんだぁ、あいつは」

なんてなことを言ってね。鼻も引っ掛けない。ですから、そういった人間をまとめる兄貴分、棟梁《とうりゅう》、これってのは、普段が肝心だったんだそうでございます。それと、下の者が風邪をひいたってねぇ、

「風邪しいた？　いけねぇなぁ、おい。早いところ出てきてもらえてぇやなぁ。おう、金《これ》でもって、旨《うめ》ぇモノでも食って、なぁ、治してよ。早いところ、出てきてくれ」

なんてことを、普段からやっておきませんと、いけないんだそうでね。ですから、ちょっと下の者が寝坊したっていうと、

「寝坊した？　いけねぇなぁ、それはなぁ。……イイよ、俺が落語演っとくから……」

って、言ってもイイと思うよ（爆笑・拍手）。普段から『三井の大黒』の稽古をしておきませんと、下の者はついてこない。そういったようなところなんだけど……、本当に、いい加減にします（爆笑）。本当ごめんなさい。本当にごめんなさい（爆笑・拍手）。なんか、言いたくなっちゃう。本当にごめんなさい。反省してるんですよ（笑）。本当にごめんなさい、本当に。……はい（爆笑）。そういった職人の上に立つ棟梁ったら、普段が肝心だったんだそうでございます。

「おい！　与太郎居るかい？　居ねぇかな、開けるぞ。おう、ヨッと、……このやろう、居るじゃねぇか、おう！」

「……あはっ、棟梁か？」

「『棟梁か』じゃねぇや、こん畜生」

『大工調べ』へ続く

名前当てゲーム

２０１９年12月14日　渋谷ユーロライブ
渋谷らくご　『宮戸川』のまくら

御来場でありがたく御礼を申し上げます。続きまして柳亭小痴楽でお付き合いを願います。

今も昔も、変わりませんのがねぇ、ダンディな生き様の米丸師匠じゃないですけどね。男の頭の中ってのは、そういったことでね、もういっぱいでございます。というような男が居るかと思えば中には、そんなことはないという、堅い人間が居てね。昇々さんです。春風亭昇々ってのがね（笑）、わたしの仲間で居るんだ。これが凄いね、もうなんすかね、真面目なんですよ。見たことありますかね？　この落語会が終わったら携帯で、「春風亭昇々」って、〝昇〟に、……何だ、……クにチョンみたいな奴をね（爆笑）、調べていただけたらなと思います。

写真を見ていただければ、分かると思うんすけど、見た感じがね、「あ、童貞だな、こいつ」っていうかね（爆笑）、顔してんですよ。喋ってみると、

「お前、童貞じゃねぇの？　お前」（笑）

　というようなね。それで訊いたら本当に童貞だったというようなね（笑）、そういった男の子でございます。歳は上なんです、わたしより。年上なんです。だけど、なんか年下のわたしが言うのも失礼ですけど、可愛らしく見えるんですよ。

　こないだね、お披露目、……真打昇進のお披露目があって、それで皆で飲みに行って、若手だけになって、

「どっかもう一軒飲もうか？」

　と、いうときにね。昇々さんが、

「（昇々さんの口調で）お姉ちゃんのとこに行きたい！　お姉ちゃんところ！」

　つって、珍しい、……普段は、無いんですよ。昇々さんがね、「女の子んとこ行きたい」なんて無いんでね。「珍しいな、……本当に今日楽しんでんだな」

と、思ってね。

「イイねぇ、じゃぁ行こう」

　っつったら、ウチの後輩に、

「キャバクラでも、何でもいいや、ちょっと女の子が居るところ、探してくれ」

　って、で、

「1軒、やってました」

2時ぐらいで、「やってました」って。

「ほいじゃ、そこ入るぞ。行くぞ」

って、「行け！」って言って、そしたら、新宿の3丁目から歌舞伎町まで、昇々さんが、

「♪ 女ぁっ、女ぁっ、女ぁっ……」（爆笑）

って、言いながら、雨の中歩いて、「恥ずかしいな」と思って、かなり離れて歩いたりなんかしてね（笑）。

それで（店に）入ったらね、で、昇々さんっていうのはねぇ、よくテレビとかで使っていただくんですよ。ナレーションとかね、あとネタでなんかでも、……そうすると、やっぱ顔を指されてね、指されることは、まぁ、そういうところには行ってないでしょうけど、いつかね、もっとドーンとなったときに、

「あの春風亭昇々ってのは、キャバクラでなんかバカやってたなぁ」

と、足をすくわれてもいけないから、我々がその邪魔してもいけないからね。

「本名で呼び合おう」と。この世界、「兄《あに》さん」とか絶対つけなきゃいけないの、兄《にい》さんとかも、どこのチンピラかと思われるから、だからもう先輩後輩じゃなくて、名前……、本名が出てこなかったら、「おい」とか、「お前」、「あんた」でイ

イから、師匠とかそういうのも要らないから、今日は無しで、無礼講でいこうと。本名でいこうと。「オレ、沢辺勇仁郎」、「昇々、柴田裕太」、「それでいこう」（爆笑）

ってんで、皆で、

「ヘイ、わかりやした」

皆でワーッと、本名呼び合いながら行って、それで中入って、……で、今、女の子の居る店の合コンとかでね、流行ってる遊びがあるんだ。それがね、「名字当てゲーム」っていうのがね、あるんだ。それ、知ってます？　名字当てゲーム、名字を当てるんですって（爆笑）。

「君、名前なんての？　……ああ、そうなんだ。僕はナニナニ」

これじゃ面白くも、クソも無いから。だから、

「名字当てる。田中」

「当たった！　イエイ！　乾杯」

「外れた！　イエイ！　乾杯」

と、そういうことをしよう、その名字当てゲームってのは、これは盛り上がるんだというのを聞いたら、

「ああ、そう、じゃぁ、女いっぱい居るから、やってみようじゃないか」

と。キャバクラで、そのお姉ちゃんたちに、

「(昇々さんの口調で) 俺、裕太。裕太の名字を当ててごらん」

って、

「(女性の口調で) 何だろう……、分かんない、井上?」

「違うよ、俺」

「じゃぁ、田中」

「ううん、全然違うよ」

「え〜、何だろう? 分からない。教えて、ねぇ、教えて、教えて、ねぇ、分かんない、教えてぇ!」

「俺ぇ、俺は春風亭……」

自分で言っちゃう(爆笑)。頭の悪い人が居てね、そういった堅い人間が出てくると噺の幕が、……開くと良いですね(爆笑)。アッハッハッハ、開いたりなんかいたしまして……。

この若旦那ってのが、そういった主役でございますけど、堅い若旦那ってのが、本日の噺の主役でございますが……。

「(若い女性の口調で) ちょいと、半ちゃん、こんばんは」

「どうも、お花さん、こんばんは」

「『こんばんは』じゃないわよ。半ちゃん、どうしたの？　こんな遅くに」

「実はね、今日、親父の使いでね、三河屋さんに行ってきたんですよ。そうしたらね、あそこの番頭さんていうのが、碁が好きでね、『もう、一番。もう、一番』とやってるうちに、ついつい遅くなっちゃって、ウチに帰ったら親父にねぇ、『この夜遅くに帰ってくるのは、ウチの倅じゃない！　勘当だ！　出て行け』ってんでね、締め出し食っちゃったんですよ」

『宮戸川』へ続く

年賀状、顚末記

2020年1月10日　渋谷ユーロライブ
渋谷らくご　『粗忽長屋』のまくら

え～、御来場でありがたく御礼を申し上げます。続きまして小痴楽でお付き合い願います。

あけましておめでとうございますで、ございます。（お客様が頭を下げるのを見て）ありがとうございます。全員でね、今、言った瞬間に何人かが、こうやって頭を下げて（笑）、日本人らしいですね。なんかねぇ、落語会に来たのか、宗教を聴きに来たのか分かんないですね。ありがたいなと思います。凄い大勢様でございましてね、「席が無い」という……、「本当に嬉しいな」と思います。毎月やってるんでねぇ、別に初席《はつせき》［＊1］だから来てくれたというのもあると思いますけども、来月以降も是非お願いしたいなと思います。

皆さん、年末年始如何お過ごしでしたでしょうか？　わたしはね、ずっと本ばっか読んで、……何もないですね、趣味が読書でね。最近ちょっと、本にまつわ

［＊1］初席……寄席では新年の最初の興行（通例1月1日～10日まで）を初席と呼んでいる。この場合は、〝渋谷らくご〟の1月興行のことを表現している。

るお仕事いただいて、書評というね。読んで、ああだ、こうだ言うというようなお仕事をいただいて、嬉しいなってんでね。それでちょっと久々に集中して頑張ろうと思って、それで本を読んでいて、一切世間を見なかったんですよ。そしたら全然ネタがなくてね。なんか世間でいろいろ面白い出来事とかがあったんだそうでございますけどもね。一切、わたしは、ちょっとずれちゃって、ただ年賀状を、今年、生まれて初めて出したんですよ（笑）。

アハハ、真打になったんでね。嫁さんがね、

「真打になったし、この間パーティーやったんだから、その人だけでも、ちゃんとやったら」

って、

「そうだな」

って言って、

「面倒臭いから、お前やってくれ」（笑）

って、それで、パソコンでね、嫁さんが出来るから、

「お前、別に手を煩わせる訳じゃないだろ？　お前、やってくれよ」

って、それで嫁《うちの》がパソコンでやって、何かただねぇ、「あけましておめでとう」とか、「謹賀新年」とかやって面白くないから、

「何かないの？」

って、皆はどうやってんのかなって、いろんな芸能人がね、ウチの嫁《やつ》が調べてたら、芸能人のアイドルとか、タレントとかは、水着姿で（笑）、「今年もよろしくお願いします」みたいなね（笑）、こういうことやってるんすよ。わたしがそれやってもね（笑）、なんかねぇ、海パン一丁で、「今年もよろしくお願いします」って言ってもね（爆笑）、（胸から股を隠す所作）男だからこうか（爆笑）、そんなことやってもねぇ……、ごめんなさい（爆笑）、……反省出来るタイプなんです。

「そんなことやっても、面白くねぇからなぁ」

って、

「何かないかな？　……じゃぁ。お前、絵を描けよ」

って、

「え〜、私が？」

「うん、描け。描けんだろ、ちょっと。簡易的なオレの似顔絵」

で、わたしの似顔絵をパッと描いて、

「来年の干支は何？」

「ネズミ」

「ネズミか……、じゃぁ、耳を描け、ネズミをオレの顔に」

って、言って。それでネズミの身体に、「こんな感じにしろ」って、全部描いてくれて、

「こんな感じ？」

「そう、そう、そう、そう……。それで、回る奴を描けよ。ネズミがよく、グルグルグルゥゥゥってやっている奴（笑）。あれをオレがやってる感じで描けよ」

（笑）

「こんな感じ？」

「そうそう、……色塗れよ」

っつって、

「何色？」

「手前《てめえ》で考えろ、バカヤロウ」

って、

「分からないぃ」

って、仲良いでしょう（爆笑）。アッハッハッハ、もうちょっと本当は殺伐としましたけど……（爆笑）。それでね、描いて、

「こんなんで、ふざけてない？」

「うん、字を一言、『今年は、実験的に小痴楽を使ってください』って、ここに描け」

「ブラック過ぎない？」（爆笑）

「イイ、イイ、イイから、それで誰か一人でもバカに当たるから……」（爆笑）

って、送ったんすけどね。でも、やっぱり気持ちいいですね。年賀状をねぇ、（分厚い厚みの所作）このぐらい。……嘘かな（爆笑）、（薄めの厚みの所作）これぐらい出して、やっぱ気持ちイイっすよ。束《たば》ってイイですね。いや、わたしねぇ、束が好きだ（爆笑）。

あの、この間、披露目もあってね。披露目は、……披露興行ってお金を使うんですよ。それでいただいたご祝儀とか、そういうのね、まとめてバサバサってなっている。

「ちょっと、銀行ってこい。帯付きにしてきてくれ」

って、それで額は変わらない、逆にちょっと払ってんですよ、手数料で（笑）。だけどね、帯がドドドドッてあるとね、イイっすよ。やっぱり、束があると。「わたしは、束が好きだな」と思って（爆笑）、気分がイイ、束。それで、その年賀状の束を、

「ちょっと、オレ、出してくる」

それでポストに入れて、それで返事とか来るじゃないすか。新年明けて待ってたんすよ。したら、ドーンとまた束で来て（爆笑）。それで、「気持ちイイぞ！このバカヤロウ」って言って、束を見たら、全部わたしが送ったはがきなんですよ（爆笑）。あのう、裏面だけ凝っちゃって、表面に宛て先を書いてなかった（爆笑・拍手）。全部戻ってきて、

「もうイイや、もうね、面倒臭いから、もう出さなくていいよ」

って、言ってね。今年は結局年賀状を出しきれず、来年頑張ろうかなと（爆笑）。だからねぇ、裏をちゃんと作ったんでね、来年はそこに……ただね、あれ……、干支が替わっちゃうか（爆笑）？　どうにかねぇ、干支を替えない手立てがないかなっていうのを、ずっと考えてんですけどね。まだね、今年、始まって10日なんでね、まだ考えはまだ、……変わらないですよ。あと355日ありますから、その間にもうちょっと、何か知恵を振り絞ってね（爆笑）、「来年もネズミ年だ」といけたらなぁ、……なんていうことを考えている、今日この頃でございますけども（笑）。

でも面白いことは、いくらもありますよ、初席でね。初席はねぇ、顔見世興行なんですよ、寄席のほうはね。だから、わたしは落語芸術協会で、芸術協会の協会員全員が出るんですよ。普段だったら、20本ぐらいのところに、25本から30本

ぐらい出たりするんで、持ち時間が少なくてね。お客さんはね、「えっ？　何」っていうような感じで、終わってしまうんですよ。

昔ぃ、前座のときとかはね、上がって、

「あけましておめでとうございます」

当時、桂ち太郎［＊2］の名前で、

「桂ち太郎です。本年もよろしくお願いします」

で、終わったりなんかする。一切、面白いことは言わない。それは、今も変わってないですけど（爆笑）。そういうようなね、初席なんですけどね。ドンドンドンドン出してもらう、……いろんな寄席に出してもらうようになってね、毎日、毎日、あたふたしてるんですけどもね。

年末はね、テレビも変わりましたよね？『笑ってはいけない』とか観ているんですか？　皆さんは、どうなんですかね？　わたしはダウンタウンさんが大好きなんですけど、あれは好きじゃないんすよ。長いから（笑）、飽きちゃうんでね、観ないんですよ。紅白は、昔はよく観てました。『紅白歌合戦』。それも観ないです。何かね、何か面白くない。ＡＫＢとかジャニーズとかばっかりでね……（笑）、なんかねぇ、「ちゃんとした人が出ないから、イイや」ってなっちゃって、……後で聞いたらね、ＭＩＳＩＡが出てたとか、ちゃんと人が出てたんですよ。

［＊2］桂ち太郎……2005年、父五代目柳亭痴楽へ入門しようとしたところ父が病に倒れたため、二代目桂平治へ入門し、前座名が桂ち太郎となる。

新聞もとらないから、誰が出てるか、分かんないですね。インターネットもやんないから、……だから、何を観てるかっていうと、兄貴と格闘技を観ててね。

わたしは甥っ子と遊んでたんですよ。兄貴の家の子供と遊んでたんすよ。兄貴は格闘技好きなもんだから、格闘技にずっとチャンネルを回して、……日本人の戦いになると、「オレも観ようかな」って観たりなんかする。……凄いですね、年末ですよ。もう一年の最後ですよ。皆さん、観ます格闘技？　……いや、ちゃんと答えて（爆笑）。アッハッハ、観ますかね？　わたしは、あんまり観ない。格闘技は大好きなんですけれど、年末はそんなの観る気にならなくて、ただ観ててね。ずっと兄貴は、盛り上がってんすよ。

「やれぇ！　そこだぁ！　ボディ！」

とか、凄い言っててんすよ。こっちは冷静に観てて、……フッと思ったのが、年末の最後、一年の大晦日に、血だらけで殴り合ってる姿を観てね。それでもって、「ウワァー！」って吠えて、それで終わって、1チャンネルに戻して、『ゆく年くる年』で（笑）、で、ボーンと鳴って「家内安全」って、何だかよく分かんないよな（爆笑）。暴力的なのか、善い人なのか、よく分からない兄貴がいたりなんかしてね。

もう世の中は、ドンドンドンドン、番組も変わってきたりなんかしますけど……。だから、こんなとりとめのない話をしてもね。なんか、もういけないんでね、落語のほうでございますけどね。

落語はね、新年にふさわしい死人が出る噺で行きたいなと（爆笑）、思いますけども。そそっかしい人間が出てくる噺でございまして、粗忽者なんてね。皆さん、粗忽という言葉をご存じでございましょうか？　粗忽、さぞかし間の抜けたって言葉なんだそうでございますけれども。……今の子供たちに、粗忽っても、分からないですね。

学校寄席とか行ってね、小学校とかに落語を演りに行って、

「粗忽って、知ってる？」

って、言うと、大体、

「知らない、知らない、知らない」

って、言って。で、一人の男の子がねぇ、居るんですよ、そういう粋がっているのが、

「俺、知ってるよぉ！　俺、知ってるよぉ！」

「ああ、嬉しいなぁ。教えてくれる」

「知ってるよ、俺。右肩《ここ》のことだろう？」（……笑）

まあねぇ、可愛い間違いじゃないですか？　鎖骨とね、粗忽を間違える。「あ

あ、可愛いなぁ」と思ってね。

「違うよ。オジサンが言ってるのは、粗忽。君が言ってんのはねぇ、鎖骨。似ているけど違うんだよ。あと、もう一つ教えてあげるとねぇ、左骨《さこつ》は、こっち。君の答えは、右骨《うこつ》だから」（爆笑・拍手）

「知らなかったぁ～！」（爆笑）

って、言ってね。また1人、日本にバカが生まれたなぁと（爆笑）、思ってね。遊んでいる訳でございます。

そういった間の抜けた人間が集まると、大概の噺の幕が開いたり何かいたしまして……。

「大勢人が集まってんな、これなぁ。何してんだ？　おら、すいません！　すいません！」

「はい、はい。何？」

「これ、大勢集まって、これ、何やってんすか？」

「ああ、これねぇ。なんだか、分からない。中で、行き倒れだそうですね」

『粗忽長屋』へ続く

落語家の引っ越し事情

2020年3月15日　渋谷ユーロライブ
渋谷らくご　『道灌』のまくら

御来場でありがたく御礼を申し上げます。いっぱいのお客様でございましてね。……寄席も出てるんですけど、寄席はねぇ、なかなかうちの協会、落語芸術協会のほうはあまり入っていなくてねぇ、是非、寄席のほうにも来ていただきたいなと思いますけれども……。イイっすね、ここのお客さん、……久々ですね。お客さんが、いっぱい居るところで落語を演るのがねぇ（笑）。こんなに来てくださるんですね。

シブラクは、凄いですね。こんなにいっぱいの決死隊［＊1］の皆様方が（笑）、入る訳ですね。ありがたいなと思いますよ。（出演が）どんどんキャンセル、キャンセルでね、自粛、自粛で、キャンセル、キャンセル、中止、中止、延期、延期でございましてね。なかなか喋る場所がございませんでね。……悲しくなっちゃうなぁと。またいろんな専門用語がテレビつけると飛び交ってるじゃないです

［＊1］決死隊……コロナ禍で軒並み寄席定席が休業を宣言、また多くのイベンターが予定していた落語会を泣く泣く中止にしていた中で開催されたことを表現している。もちろんお客様同士に感染の恐れは当然あるでしょうに、という意味合いだろう。

か？
　まあね、楽屋でも、……楽屋の人たちはねぇ、寄席芸人《こういうひと》たちが多いから(笑)、よく分かってないですよね。江戸家まねき猫［＊2］っていうね、あの動物の物真似を演る太ったお姉ちゃんが居るんすよ。お姉さん、ずっと楽屋に来てもなんかね、楽屋にあるお菓子とか、そういうのをまず手に取って食べて、で、「今日の昼ご飯何食べよう」、「晩ご飯何食べよう」って、ずっとご飯のことを、食べる物のことばかり考えてるんですよ(爆笑)。そのお姉さん、楽屋に来た瞬間に、
「ねーねーねー、ちぃちゃん、ちぃちゃん、パンデミックってさぁ、美味しそうじゃない？」(爆笑・拍手)
　ってね、「平和だな」と思ってね、「凄《すげ》ぇの居たなぁ、ここに」と思ってね(笑)、で、パーッと見たら、小助六兄さん［＊3］という、雷門小助六師匠というのがねぇ、……しゃんとしている人なんですけれどもねぇ。その人もやっぱりちょっと最近の影響で、おかしくなっちゃってるんですね(笑)。何もそんなこと言わなかった人なのにねぇ、
「……それ言ったら、濃厚接触者ってめっちゃエロいじゃないですか？」(爆笑)
なんて、言いだしてねぇ。よく分かんないですねぇ。こっちもしょうがない。

［＊2］江戸家まねき猫……動物物真似の女性芸人。父は三代目江戸家猫八。兄の落語芸術協会に所属。兄の四代目江戸家猫八は落語協会に所属。
［＊3］小助六兄さん……雷門小助六のこと。1999年九代目雷門助六に入門。2013年真打に昇進し三代目雷門小助六を襲名。

負けちゃいけないからね、

「そうすると、クラスターって、綺麗なイメージがありますよね」

みたいなことを言ったりなんかしてねぇ……。そうですね……、これが一番ウケないですね（爆笑）。やっぱね、わたしが考えたのが一番面白くない、これね。

これは、ドンドンドンドンどういう状況になってるのか、分かりませんけれどもね、暗くならずに笑ってればイイじゃないかというような軽い気持ちでいてイイのかどうか、分かりませんけどもね、そういうような了見で、ここに座ってる訳でございます。

陰性、陽性とかもね、ちゃんと分からなかったですねぇ、今までね。どっちが陰性で、どっちが陽性だか、分かんなかったんだ（笑）。そしたら、政治家が間違えてくれたから、「あっ、そういうことなんだ！」って、ボクもやっぱ勘違いして、陽性というとね、陰と陽でいうと、陽性というのはポジティブな感じするから（笑）、しかもね、英語にしたらピクシー（妖精）ですからね（爆笑）。だからね、陽性となったら、「やったぁ！」ってなるような気持ちになっちゃってたんですよ（爆笑）。……だけど、陽性のほうがダメなんすよね。それを政治家が間違えてくれてね、「危ねぇ、危ねぇ」と思ってね、こっちも下手なこと言わなくてよかったとかね。

こういうのは、笑いにするのがいけないのかなっていうのもねぇ、考えながらね……、もう喋ってるからしょうがないけど（笑）。まあね、楽しんでいっていただきたいなと思いますけども。

こんな最中にね、わたしのほうは引っ越しをしたんですよ。引っ越し、俗に言う、引っ越しをしてね（笑）。えっへっへ。そしたらね、なかなかありがたいのが、やっぱり弟弟子でございましてね。引っ越しの業者を頼むと、高いと聞いて、幾らか忘れちゃったけど、予算、見積もりが高いんだって言っててねぇ。ウチの嫁《やつ》がね。だから、

「同じ額払うんだったら、知らねぇ奴らに払うより、仲間内に払えばいいじゃねぇか」

って、どうせこんな状況で仕事無いんだからって、弟弟子がね、3人居るんですよ。

ウチの師匠が楽輔で、あたしが一番上で小痴楽、2番弟子に明楽という……、明るいに楽しいと書いて明楽という根暗が居てね（笑）、3番弟子に信じるに楽しいで、信楽。4番弟子に、楽しいにぼうがひらがなで楽ぼうという。この4兄弟で、……それで、わたし中卒なんですよ、高校中退で、1年ぐらいで落語界《こっち》来て、明楽さんってのも中卒でね。中学校を卒業して、ちょっとフラフラして、そ

れで、「よし、そろそろ」だって、この世界に入ってきて（笑）。なかなか仕事ないから、時期間違えたんじゃないのとかいう話です。……こういうこと言わないほうがイイ（爆笑）。それで、信楽って、大学出てるんすよ。信楽は、慶應義塾大学というね、大変結構な塾に通っていたり（笑）、4番弟子の楽ぼうっての が、……あぁ〜、なんて言ったかなぁ、……法政大学という、これも頭イイ大学なんだそうでね。だから、中、中、大、大なんでね、平均して高卒の……（爆笑・拍手）、一門になっちゃうね。でね、やっぱ助かるのは、その人たちです よ、弟弟子ですよ。

一番この中で気を遣えるのは、誰かっていうとね、まさかの大学じゃないです ね、中卒の明楽なんですよ。

「引っ越し、イイ？」

「任せてください」

って ね。で、前日になって、

「兄さん、何時に集合ですか？」

「そうだなぁ、明日の朝10時ぐらいにしようか？」

「分かりました。兄さん、引っ越しの車とか、レンタカーの手配してますか？」

「あっ、いけねぇ、忘れてた。何もやってない」

「あ、そうですか。兄さん、お忙しいから……、だと思って、いや、生意気だけど僕、借りちゃったんでそれで向かいます」

気ぃ利くじゃないですか、

「ありがとうね、頼む、頼む」

って、言ってね、で、次の日になってね、10時半になって、ププー、もう30分の遅刻はどうでもイイですよ（爆笑）。ププーって、……そんなのはねぇ、わたしもね、よくする側だからさぁ、もう言わないっすよ（爆笑）。

「待ってたよー！」

って、ベランダから下見たらね、小型車《フィット》で来ましてね（爆笑）。「マジか、こいつ……」って、赤いフィットなんですよ（笑）。目立つ、目立つ、「何でこれで来たの？」

って、言ったら、

「いや、兄さんは、前回の旅行で、『赤いフィットは、目立ってイイ』って言ったじゃないですか」

「う〜ん、引っ越しには向かないかなぁ」（笑）

ってね、20往復ぐらいしてね（爆笑）、最後は「もう埒《らち》が明《あ》かねぇな」って、タクシーを雇ってとか……、引っ越し業者に頼んだほうが、安くなったようなね、それぐらいの何かね、引っ越しをして……。

　それでもやっぱりいろいろね、家具とかも何か一緒にエッサ、ホイサでやってくれて、並べてくれて、設置してくれて、水道と洗濯機も繋げてくれて、全部やってくれるんすよ、明楽さんってのがね、凄い全部やってくれて。ちょっとまだ段ボールいっぱいあるけども、大きい家具系のやつは置いたから、もう今日はね、これぐらいにしよう。じゃぁ、蕎麦食べて、ちょっと飲もうじゃないかって、ダイニングテーブルを準備してね。したらね、明楽が、ベビースターラーメンって、あの小っちゃいプチプチした蕎麦の揚げ物みたいなね、駄菓子。う～ん、こんな細かく説明しなくても、知ってますよね（笑）？　エへへ、もっと説明しなきゃいけないところ、いっぱいあるのに（爆笑）。ベビースターラーメンね、「じゃぁ、これを酒肴《つまみ》に……」

　って、パンって、バラバラバラッー（爆笑）、あたしの新居にバラバラバラッ！　もうベビースターだらけですよ。凄い、凄いんですよ。でも、

「イイよ、イイよ」

　ってね、ウチには凄い掃除機があるんですよ、ちょっとすいませんね、下々の人の前で申し訳ないですけどねぇ（爆笑）。あのう、ＲＵＬＯというね、丸っぽくてねぇ、電動の……、ＡＩの、ピッとやったら喋るんすよ。

「動きます」(笑)

って、言ってね、凄いですよ。で、「アムロ行きます」みたいな感じでね(笑)。

「ウォー！　行け、行け、バカヤロウ！」

って、言って、はいで、ピッとやると、スッと行くんですよ。ゴキブリみたいなねぇ、カタチがね、丸っぽい感じでね。ほいで、地面側のほうになんかね、毛みたいな奴が付いてて、ブィーッとやって(笑)、それでなんか、ブォォォッて、やるんすよ(笑)。それを口の中に入れてくんすよ。可愛いんだ、こいつが。もう「RULO(ルーロ)」って呼んでるんすけど、……皆もそうだろうけど(爆笑)、「RULO」は商品名だからね。「RULO」って名付けてあったから、……付けたまんまじゃん(笑)。

「行け！　ルーロ」

って、

「へーい」

って、……「へーい」とは言わないけれど(爆笑)、言わないけども、なんかそういうふうに聞こえる、こっちはね、もう愛着があるから。それで、「へーい」って出てって、ゴミがここにあるんですよ。「フェーフェー」って、あっち

こっちに行って、

「こっち、こっち、こっち！」（爆笑）

って、言って、「フォー」って行って、

「違う、違う、違う、こっち！」（爆笑）

って、ずっと遊んでいるんですよ、ルーロと（爆笑）。

普段はね、ちょっとわたしの教育が足りないから、方向もまだ違うけども、もう、ウチのルーロはね、基本的に外面《そとづら》がイイんだよね。

客人が居るときには、これはちゃんと「ヘイ」と言って。もう、スッと行くだろうと思って、でも当たっちゃうと、方向が変わっちゃったりするんでね、ルーロのボタンを押して、「行け」って、「ヘイ」って言って、その瞬間に、

「お前ら、ちょっとダイニングテーブルの端を持て」

って、全員でテーブルを持ってね（爆笑）。ルーロが動きやすいように（爆笑）！　ルーロのシマにするために、うちら全員がテーブルを運んでんだ（爆笑・拍手）。

「おお、ちょっと、脚が当たっちゃうぞ」

って、言って、ダイニングテーブルを持って動いて。……ベビースターのほうへ行くんすよ、ルーロ。まっすぐ行くんすよ、「ウォー、偉い、偉い、偉い。お

客様の前だ、バカヤロウ。恥かかせんな、お前」

って、言ったら、ルーロがファーッて行って、それで、もう、ベビースターのところに行った瞬間に、吸い込まねぇで、パンパンパンパンポンって（爆笑）、部屋の中にベビースターラーメンの屑を吐き出してね。もう、気分悪いから、ガシャァってね、……そしたら、

「動きません。動きません」（笑）

とか言って、可愛いんですよ。欲しい人が居たら、あげるんでね、声かけていただいてね（爆笑・拍手）。

また、炊飯器を買ったんすよ。家電、面白くてね、ボタンがいっぱいあるんすよ。だから、押し放題（爆笑）。それで、

「お米、炊いといて」

って、言われて。……仕事ねぇから、今（爆笑）。ずっと家に居るから、「お米、炊いといて」って言って、やり方分からない。そうしたら、バケツみたいな奴に（笑）、鉄のバケツみたいな奴があるじゃないですか？　あれに米入れて、二杯、コップが入っているから、米のところに。入れて、水でかき回して10回ぐらいやればいいからって、やり方教わって、それでメールで、

「あっ、終わった」

って。また、「普通に押せばイイ」って言えばイイのにね、「早炊きにしといて」みたいなこと言われたんすよ。そこで、もう、「ん？　早炊き？　早炊き？」って、ずっといろんなボタンを押しても、早炊きがないんですよ、あれ。何か別の言葉で言ったんだけど、「早炊き」ってのがなくて、ずっと分からないから、もう、もうダメだと思ってね（爆笑）、そのままにして帰ってくるのを待って、「おおい、ちょっと早炊きが分かんないぞ、ボタン。お前、押してくれ」

って、したら、

「えっ、まだやってないの？」（笑）

ってね、その日ピザ頼んだりとかして（爆笑・拍手）、よく分かんない。

だからドンドン機械、新しいのがドンドン、分かんないことが増えてきたりなんかしてね、住みにくい世の中になってきたなというような（爆笑）、今日この頃でございますけどもね。

でもこうやってね、噺にも、モノの分からない人間が隠居さんの家に行ったりなんかすると、大概の噺の幕開きでございますけれども、フフッ、ここで笑っちゃいけないいんだ（笑）。そういう話でございますけども。

『道灌』［＊4］へ続く

［＊4］『道灌』……八公は隠居の家で太田道灌の絵を見せてもらう。貧乏な若い娘が雨具を持っていないということを、有名な古歌になぞらえたが、太田道灌は意味が分からず、歌道に暗いことを嘆き、後に大歌人になった逸話を知る。自分もそれを真似たいと歌の内容を覚えて家でやってみるがどうにもしまらない。

ああいうプロになりたい！

2023年5月15日　渋谷ユーロライブ
渋谷らくご　『干物箱』のまくら

プロとアマの違い……、落語家にもあって、素人の落語家〔＊1〕ってのもあってね。素人のっていうので、演ってる人もいっぱい居ますからね。大人でも演っている人、……その人が会社を辞めて、「プロで」ってなる訳ですからね。覚悟が違いますよ。「プロとアマの違いって、何だろうな」と、その覚悟であったり、あと誤魔化しが上手かったりでしょうね。

　何かアクシデントがあったときにスッと演る。それはそうですよ、趣味で演ってる人はね、すぐに投げちゃいますよ。「今日は、イイや」と。こっちは、趣味じゃないですからね、お金《あし》をもらってるもんですから、だから、「どうにかしなくちゃいけない」という危機意識が、多少は……、小痴楽《こんなん》でも多少はありますよ（笑）。

　先日《こないだ》、「プロだな」と思ったことが、……ゴールデンウィークにね、ウチの2歳半の子供が居てね。恐竜が好きでね、そこの渋谷のヒカリエというところで、

〔＊1〕素人の落語家……元大学の落語研究会などに所属していた素人落語家さんが自らの会を主催し落語を披露することは多い。こういう方々を〝天狗連〟と呼びならわしている。

『ディノサファリ』というイベントの恐竜の大《でか》い着ぐるみ……、着ぐるみなんてレベルじゃない。本当にね、プロだなって思うような、本物の恐竜みたいな……、本物は見たことないけど（笑）。もうね、本物の恐竜が居るみたいなんですよ。

それで、「新種のアンキロサウルスってのが見つかった」って設定で、ショーを毎年演ってるんだそうでね。毎年、新作の恐竜ショーを演ってるんだそうですけども、それに行って見てたんすけど、いろんな恐竜が出てくるんすよ。中でも、肉食、ティラノサウルスですよ。恐竜の王様ティラノサウルスと……、あとティラノサウルスよりも、二回りぐらい小っちゃい、……でもこれも肉食で、ちょっとすばしっこいと……。ただどうやっても、ティラノサウルスが勝つんですよ。

レンジャーの隊長と隊員がね、何人か居て、……皆、もうプロですよ、役者さんが。

「（レンジャー隊の口調で）あっ、居たぞ。ティラノサウルスが来たぞ。皆、シー（指を口に当てる）」

「ガァー！」

「ティラノサウルスだぁ！　シッ！　騒いじゃいけない」

とか言う、

「（怯える客の所作）あっ！　（口を手で押さえて）アアッ……、ヒッ」（爆笑）

というような、もうね、もう、凄くくすぐってくれる役者さんが素晴らしくて、凄い緊張感がある。ＢＧＭも、「♪　ダダン、ダンダン。♪　ダダン、ダンダン」みたいな、……全然違ったけど（爆笑）。そっち系の曲が流れて、「ウワァー」って、ティラノサウルスが登場ですよ。そうしたら、子供たちが、「イヤァー！」って言って、で、向こうから、「キューキュキュキュー！」って、ちょっと小っちゃい肉食が来て、向かい合って1対1ですよ。

そしたらレンジャー隊が、状況を説明するんですよ。

「（レンジャー隊の口調で）皆、待て。これは怪しい空気だ。これは危ない空気だ。皆に被害が起きないように、この2匹は戦うんじゃないか？」

と、言って。それで、「どう戦うんだろうな」と。……それもね、手がね、どう動いてるか、分かんない。足は人間なのかも知れないですけれども、手は違うから、……何人もが操作する訳にはいかないから、2足だからね。「どう動いてんだろうな」っていうぐらい凄いんですよ。これは企業秘密らしいんですけどね、分からない。それが向かい合って、それで歌舞伎のお芝居の立ち回りみたいな……、立ち回りっていうんですか？　分かんないけれど。あれ見てる感じで、向かい合って、斬り合いでね。本当に斬らないじゃないですか、……向かい合ったんだ。

そして、見得を切ったり、……歌舞伎、……すいません。見たことないけど演るね（爆笑）。（袖に向かって）バカだよね？　アッハッハッハ、よく演るよね？　出来るよ、出来るよ、多分（笑）。

それで、（扇子を肩に見立てて）スパッて抜いて、サァッーッて、駆け寄って、お互いね、上手から下手から、サァーッてすれ違って、またスッとお互いに向け合う。また、サァーッて2周目辺りで、すれ違い終わった後に、１人が倒れて、……それが斬られたっていうお芝居なんですよね。多分そういう芝居なんでしょう、歌舞伎って。ティラノサウルスと、ドウノコウノサウルスが（笑）、こう歌舞伎のように来て、パァーッとすれ違って、で、子供たちは、「すれ違ったぁ」と思うんですけれども、大人からすると歌舞伎を知ってるから、「あ、今のあれで、噛み合ったりなんかあるんじゃないか」って思う。それで、もう1周ですよ。「ウワァー」って、言っていたら、まさかのティラノサウルスがコテンと倒れたんですよ。子供たちは分かんないから、「ワァー」ってなってんだけど、わたしからすると、「ティラノサウルスが負ける？　んな訳無いよ……」と思ったら、……プロですよ。レンジャー隊員の役者さんが、これはアクシデント、ティラノサウルスがただ転倒《コケ》ただけ（笑）。レンジャー隊の隊長がね、「隊員、どうにかしろ！」

って、言ったんですよ（笑）。「どうにかしろ」って言った瞬間に、そのアルバイトの隊員が、全員で、「えっ？　えっ？　えっ？」って動揺していて（笑）「凄いね、イイものが見れたなぁ」と思って（笑）。そのあと、何事もなかったように、もう一回立ち直って、それで3周目して、それで小っちゃいほうは食われたんですけど……。多分、コケただけなんですよね。ああいうとこにもね、「プロだな」という……、「誤魔化しが上手いな」という……。

ところでね、終わった後に、まさかの文菊兄さんに会ったんですよ（笑）、土産売り場のところで。それで、ウチのジャリ連れて、「何が欲しいかな」なんてやってたら、向こうから文菊兄さんっぽいのが来て、ハット被ってマスクして、……もうね、一発で分かるんです。やっぱね、仲間内ってのは。特に文菊兄さんってのはね、普段から綺麗なんですよ、佇まいが。オーラが違う。オーラというか、なんか違うんですよね。なんか、「あ、カタギじゃねぇ」みたいなのがあるんですよ（爆笑）。「カタギじゃねぇ」っていうのは、大体、（1本の指を折る）これなんだけど（爆笑）、……いや、これ違う。綺麗なほうのカタギじゃないです。なんか違う人っていうね。そういうふうになるんですよ。で、兄さんじゃねえかなと思って、

「兄さん」

って、声かけたら、

「（文菊の口調で）オッ、……ホッホー、『お父さん』やってますなぁ」って、言って、スーッと帰っていって（爆笑）。「プロは違うなぁ！」と思って、

「（指さして）オォー！」

じゃないいんですよ。

「（文菊の口調で）『お父さん』やってますなぁ（帽子に手をやる所作）」（笑）

「ああ、オレも、ああいう噺家になりてぇ」と思いながらね（爆笑）。「その道は無いんだろうなぁ」ってことを日々ね、感じながら……。

やっぱりいろんなところに行ってね、楽しい思い出はね、尽きないですよ。そんなことばっかり喋ってると、落語を演る時間がキュキュキューになっちゃうんでね。もう本当に古典落語を聴いていただきたいなと思いますけども……、今日、お聴きいただく古典落語はですねぇ、……今から決めるところなんですよ（爆笑・拍手）。なんかね、ちょっと一風変わったのを入れようと思ったけど、そういうことは出来ないんでね。若旦那が出てくるお噺で、お付き合い願いたいなと思いますけども……。

若旦那にもいろんなのが居ますよ。堅物の、なんかね、それこそ文菊兄さんみたいなシュッとした男の若旦那も居れば、遊び人みたいないい加減なね、毎日な

んかヘラヘラと生きてるような、……毎日何かして遊んでやろうという道楽を尽くすような、そういった柔らかもんが居たりなんかして。わたしは、やっぱそっちの人間の気持ちが分かるんですね。そういうような若旦那のお噂でございますけども……。

どこに遊びに行くかっていうとね、まぁ、歳行って、酒だ、博打だ、覚えて、で、吉原に通い詰めたりなんかして銭が無くなる。そうすると、親父の金庫に手つけたりなんかして、お父《とっ》つぁんに怒られて「勘当だ」なんてんでね、怒られたりする。ところが、「すみません。すみません。すみません」なんて、親父の小言は右から左に行ったもんで、いくら小言を言われても、

「意見聞く倅の胸に女あり」

ってんで、どうもこの、覚えてやめられないのがお遊びという奴なんだそうでございますけれども……。

「煩《うるせ》ぇな……、ウチの親父はどうしてああも、小言が出てくるかね。『小言の国』からねぇ、小言を広めに来たようなもんだよ。いろんなこと言ってたよ……」

『干物箱』へ続く

無意識にやっていたエコロジー

2023年7月14日　渋谷ユーロライブ
渋谷らくご『提灯屋』のまくら

皆さん、ヒヤヒヤの時間がやってまいりました（笑）。小痴楽でお付き合い願いたいなと思いますけども。

今日は、ＹｏｕＴｕｂｅの生配信ということでございましてね。本当に、このライブのほうにもお集まりいただいて、本当に皆さん、「ありがたいな」と思います。改めて、ごきげんようという……、あっ、これは大丈夫ですよね？　放送禁止用語じゃないですね（爆笑）？「ごきげんよう」という言葉が、なかなか使い慣れないもんでございますけども……。

うん、イイですよね。「配信でどうなのかな？」と思っても、やっぱりありがたいです。こうやって、生モノを観に来てくれる方々がいらっしゃるってのはね、これもお客様が居ないとね。……コロナ禍で、無観客配信というのをやってましたよ。わたしは、もう、直ぐに断念しちゃって、不参加になっちゃったんですけど。やっぱりなんかね、お客様が居ないとね。……配信でお金を払ってくれてね、観てくれて、そのお客様の数も知っている。それは分かっているんですけども、目の前にお客様居ないとダメなんすよ。落語っていうか、おあとの浪曲もそうだと思います、講談もそう。もうこの芸能って、1人で出来るもんじゃないですよね。勿論覚えて演るのは、わたしなんですけども、……その時間をね、一緒に作るというのが、……皆さんと作るということは、決して落語ってのは、1人で出来るものじゃないですね。お客様の反応をいただいて、どうにか完成されるという……、それで良い芸になっている。だから、「悪い芸を観たなぁ」と思ったら、この芸人が悪いとか、そういった気持ちじゃなくてね。「自分たちが悪いんだ」というふうに（爆笑）、「ああ、いけねぇ、今日、芸人を1人、ダメにしちゃったなぁ」と（笑）、そういうね、なんか、「金、払ってんだぞ」と、そういった驕った了見はいけないというね（笑）、そういったことを、太福さんが言っておりました（爆笑）。

でもねぇ、本当に、今、「エコだな」ってね。今、エスディーディーズ？……ジーズ？　分かんない？　御免なさい、興味ないんで（爆笑・拍手）。エッヘッヘッへ、手ぇ叩くな、そこ（爆笑）。エスディー……、なんかあるじゃないですか、ね、エコとか、でもなんかね、時代が時代だから、「ちょっと多少は、何か手前《てめえ》もやったほうが、自分もやったほうがイイだろう」なんて思いながら、でも、「何やったらイイんだろうな」と思って、パッと考えたら、もう知らずに無意識に、エコをやってたんですよ、わたし（笑）。

皆さんもね、大体やってる方多いんじゃないかな、というのも、わたし、入門したのが16歳だったんですね、高校中退。だから、字が書けなかったんですよ、漢字が（爆笑）。これから、「漢字を習うよ」というとこで、学校辞めちゃったんで、この漢字というものと今まで縁が無くて、前座修業でネタ帳［*1］を書いたりなんかするのに、字が書けないからネタ帳を書けないんですよ。

それで、怒られて、「勉強しろ」ってんでね。それで、漢字ドリルとかをやって（笑）、どうにか漢字を覚えてね。今まで、漢字でも何でも、ものごとを頭に入れるってことをしてこなかったから、小中高と形で学校行ってたけど、……なんすかね、競馬新聞とかで使うようなクリップ付いてる鉛筆を1本ポケットに入れて学校行って、隣の人間のノートをちぎって、「1枚くれ」って言うような（笑）、それでずっと過ごしたんでね。それが学生生活だったんで、本当にね、何も、ものごとは分からなくて、取り入れるということをしてこなかったんですよ。

そしたらやっぱり、楽屋で分かんない字があって、「これ、言えねぇな」っ

［*1］ネタ帳……寄席で本日の出演者がどんな落語を演じたかが一目で分かるよう、演目のタイトルを記載しておく帳面のこと。寄席に限らずホールでの落語会でも主催者は用意している。通例は前座がこれを書くので漢字の知識が重要。

て、それをメモしてね、それでウチに帰って、10回ぐらい書くと、これは面白いもんで、昨日まで書けなかった字が、翌日になったら、もう書けるようになってるんすよね。

これはね、わたしにとっては凄い新鮮だったんすよ。昨日まで書けなかったのが、次の日に書けるようになっている。そのまた次の日には、もう書けなくなってるんすけど（爆笑）、何とか1日ぐらいは記憶が残ってるんですよ。「これは面白いな」と。

それで、入門したてのとき、16歳で初めて習ったお噺を……、教えてもらって、録音させてもらって、それで台本みたいなのを作っていたんですよ。だから、全部ひらがなで、漢字分からないから。で、改行とかね、なんかあるじゃないですか？ そういうルールも知らなかったし、呪文みたいなんすよ（笑）。ザーッと書いてあって、「よく、あれで覚えられたな」というぐらいだったんです（笑）。これに原稿用紙30枚ぐらいかかってたのかな。……オレが前座修業で、漢字勉強して覚えて、4、5年経って、二ツ目になって、隙が出来て、「ああ、そうだよ。やることねぇし、昔の落語の台本を書き直すか。漢字を覚えたし……」って、書き直したら、原稿用紙に30枚が15枚になったんですよ。漢字を覚えるってのは、なかなかエコなもんでね（爆笑・拍手）。皆さん方も、是非ね、勉強してエコに取り組んでいただきたい。……出来ることからというもんでございます。どこの回し者《もん》だってなもんでね（笑）。

『提灯屋』［＊2］へ続く

［＊2］『提灯屋』……町内の若い者がビラを手に入れたが字の読める者がいない。隠居に読んでもらうと、新たに提灯屋が出来て「もし描けない紋があれば無料で提灯を進呈」と書いてある。こりゃあいいと連中はひねった言い方で提灯をせしめてくる。

夏をさがして

２０２３年８月14日　渋谷ユーロライブ
渋谷らくご　『道具屋』のまくら

ウチも、もうちょっとで３歳になる子供がいるんですよ。ウチの子に限らずね、わたしは子供が好きなんすね。特に、この夏休み、今じゃないですか？　平日の昼間に、家の前でね、今、目黒区に住んでるんすね。すぐ近くなんですけど、家の前で平日の昼間、自転車出して水撒いて、洗車じゃないけど、こうやってシャーシャーシャーシャーやってると、「ワー、キャー、ワー、キャー」騒いでいますよ。

ああいうのを見ていると、わたしはねぇ、夏が大好きで、暑ければ暑いほど元気になるタイプなんです。ただ、大人になってね、「社会人」って言っていい商売かどうか分からないけど……（笑）、社会人？　……うーん、反（半）社会人（爆笑）、反（半）社人になってみるとね、もう夏休みとか、そういうことはスケジュールが無いんでね。とれないですよ。

いつの日かね、夏休み……、夏を忘れてきちゃってね、ただ暑いだけになっちゃって。暑くなってきたら、気持ちが盛り上がった。何かよく分からない、なんだか分からないね、摑みようのない興奮が、もう10年以上無いですよ、10年近くね。未だね、20前半まではね、夏休み、……夏という感覚をわたし持っていたんですね。今、思えばね、前座のときは修業なんでちゃんと寄席に行っていましたけど……。わたしは16で入門したんで20歳で、二ツ目に昇進して、2、3年間、やっぱちょっとね、イカレてたんすよね。まだわたし、了見が素人だったんです。ボンボンの素人だったんすよ。落語家のくせに、夏休みをとってたんすよ（爆笑）。しかも、売れねぇ噺家のくせにね（笑）。一つ仕事もらって、その日、お飯《まんま》を食える。生きながらえるという。そういったところで、実家暮らしのアマちゃんの了見だったんでしょう。夏休みをとってて、仕事を断っていたんですよ（爆笑）。

頭が×ってんじゃないですか？　今、思えば、もうだから、そのときは若気の至りってのいうは、……本当そうですよね。今、思えば、そんな奴居たらね、わたしがね、今、若手真打になって前座に、

「あー、8月何日だけど、空いてる？」

「あー、すみません。夏休みなんです」

なんて言ったら、半殺しにしますよ（爆笑）。

「イイや、捕まってもイイよ。お前を殺すわ」というので、殺《や》ってますよ。だけど、当時そうだったんですよね。……歌丸師匠の仕事を断ってたんすよ、これ（爆笑）。

真実《まじ》で、断ってもいなかったですね。歌丸師匠が把握してくれて、でね、会ったときに、

「ああ、ちぃ坊、あのさ、今度のさ、7月と8月で……、そっか、ダメなんだっけ……」

「ああ、その7月、8月、……ちょっと」

って、言っていて（爆笑）。

「ああ、また、改めて9月に会いましょう」

ってなことを言ってね、それぐらい、歌丸師匠は分かってくれてるぐらい、断っちゃってたんすよ。寄席は出ていたんですけどね。寄席に出るから、まとまった休みがとれないから、寄席以外は出ないみたいな感じで、……ううう、思い出すと本当に、いや、腹立ってきましたね（爆笑）。申し訳ない。皆さんに代わって殴《や》ってやりたいなと思いますけど、自分が可愛いもんで、そんな力も入れられないという。それぐらいね、わたしは夏が大好きでね。話は戻って、シャワーをやってると、「キャー、キャー」言って、もうとにかく騒ぐじゃないですか？

夏休みを持っている子供ってのは、羨ましいですよね。なんかセミみたいね。2週間の命、ずっと鳴いてやろう。とにかく無我夢中に鳴いてやろう。9月になったら、学校の登校中に逝くんだというような（笑）、で、もう終業式を迎えないんだなという、……そういった気持ちでしょうねぇ、子供たちは。ビーチバッグを肩に担いで、「キャァー」って騒いでいますよ。

「おはようございます！」

とのこと。もうだから、もう、こういう話をしているだけで、なんかもう声張ってるぐらいテンションが上がっちゃうね。「何でこんなに声を張ったんだろうな」というぐらい、

「おはようございます！」

って、言いたくなるぐらいビーチバッグを持ってやっていますよ。

あれ見ていると、凄い嬉しくて、夏をさがしてますよね。……イイ文句じゃないすか？「夏をさがしてる」ってのは（笑）？　詩人、……誰も引っかからないね（笑）。わたしも一応、今年はね、1日、子供とカミさんについて、鎌倉ですけどね。1日休みがあったんで、泊まりではなかったですけど、鎌倉に行って、海に入ってきましたよ。子供が、まだ3歳、……割れた貝殻とか拾って、

「あー、宝物」

とか言っててね、夏の欠片《かけら》を拾ってましたよ。……イイじゃないですか？　これ、「夏の欠片」（爆笑）。全然、引っかからない。渋谷だからかなぁ？　渋谷ってのは、民度が低いからね（笑）。……（渋谷）生まれなもんで、申し訳ない（爆笑）。

でね、家の前でシャワーをシャーシャーしてると、子供たちがずっと騒いでいてね。見ていると、凄い嬉しいですよ。目黒区ってのは、本当に教育が行き届いているんでしょうね。わたしがねぇ、サングラスかなんかして、ランニング着て、半パン着て、水をシャーッてやって、チラッと見て、「あ、子供たちだ」と、パッと見て目が合うと、

「こんにちは！」

って、言って、凄い元気よく挨拶してくれるんすよ。嬉しくてね。東京生まれ、東京育ちで、……東京ってなんかね、今、実家を出てね、7、8年前に。それで思ったけど、なんか冷たいんすよ。

マンションにね、住んだんですけど。お隣さんも、お隣さんじゃなくてね。

「宅配便を預かっててもらえませんか？」

「今、そういうのやってないよ」（笑）

とか言って、

「いやでも、クールだから」

って、言って。

「ドライだよ」（爆笑）

なんて、言って。「旨いこと言うな、このヤロウ」というような、……そんな会話にも出来ないぐらい。

「クールなんす」

「知りません」

ガチャガチャッていう3段ぐらいの鍵の音が聞こえてきてね。凄く冷たいイメージがあったんですよ。

ただ、目黒区に3年前に引っ越して、それで子供たちが「こんにちは！」って大きな声で、……それもね、一緒のマンションの子とかじゃないっすよ。その町内の子たちね。だから、そこら辺の、お互い誰かも分からない、……そういう子たちが通りかかったわたしと目が合うと、「こんにちは」って言って……。こっちも慌ててね。「こっちが先に、挨拶しなきゃいけなかったなぁ、大人のくせに何やってんだ」と、「こんにちは」と言う。向こうが先にくれる「こんにちは。こんにちは。こんにちは」って。やっぱ自分の子供が居るから嬉しくて、これってね、皆に、知らない人にもちゃんと挨拶できるような、そういったね、地域性のあるところなんだなと。「ウチの子が、すくすく育ったら、いろんな人にちゃんと挨拶を出来る大人になれるんだな」と、「嬉しいな。こっから引っ越したくないな」と思って……。

　そしたら、こないだ7月のお終いに、夏休みが始まった頃ですかね。『目黒区報』ってのが、ウチのポストに挟まれていてね。『目黒区報』を見てみたんすよ。そしたら、「保護者の方々へ」みたいな言葉で、平たくちょっと言いますけど、「保護者の方々、夏休みが始まります。お子様たちから目を離さないように、いろいろな人に気をつけてください」

　なんて、注意書きがあって、「子供たちへ」って書いてあって、「なんだろうな?」と思って見てみたら、

「子供たちへ。怪しい人、不審な人を見かけたら、大きな声で挨拶をするように」

　って、書いてありますよ（爆笑）。何かと思ったら、書いてありましたよ。注意書きがね。人を誘拐《さらお》うっていう了見の奴も、大きな声で元気よく挨拶すると、「こいつ、元気だな。別の弱っているのにしよう」と、別の探すんですって。元気な声で、大きな声で、「こんにちは」って言ったら、向こうも、「あ、いけねえ、この子はダメだ」って退《ひ》いていくから、おかしな人を見つけたら、なるべく大きな声で挨拶するように……（爆笑）。

早く引っ越したいなと思ってね（笑）。どっかいいとこあったら、教えていただきたいなってなことを思いますけれども……。

『道具屋』［*1］へ続く

［＊1］『道具屋』……与太郎はおじさんに呼ばれ道具屋をやらされることになった。首の抜けるひな人形や火事場で拾ったのこぎりなど、通称ゴミと言われるものを売るのだ。いざ道端に店を広げて始めてみたがなかなかうまくいかない。

賞の行方より、まくらの行方

２０２３年11月12日　渋谷ユーロライブ
渋谷らくご『風呂敷』のまくら

昨日ね、我々、若手の落語家にとっては、とてもね、大事というか、年に一遍、頭に引っかかる落語会というか、その賞レースが、『ＮＨＫ新人落語大賞』［＊1］というね、賞レースがあって、わたしも、……二ツ目の間しか出られなかった。大阪は二ツ目とかないんで、キャリア15年未満しか出られないんですよ。わたしはもう真打に上がったんで、もう出る資格はないんですけど。二ツ目時代の10年間、出させていただいて、エントリーして2回本選に行かしてもらったんですね。2回とも獲《と》れなかったんですよ。残念で「悔しいな」なんていう気持ちが。でも、もうね、真打に上がったらね。「誰が獲るんだろうな」という毎年凄く楽しみにする奴なんですけど。ここ数年ね、2年か3年ぐらいかな。本選があって、ひと月後に放送。そのひと月間、ＮＨＫが、「言わないでくださいね」って、観客の人たちにも、芸人にも緘口令を敷いて、あの放送で順位というか、優

［＊1］ＮＨＫ新人落語大賞……ＮＨＫにて年に1回開催され、入門から15年未満の二ツ目程度のプロ落語家が応募できる落語の新人賞のこと。２０２３年は応募１０４名の中から５名で争われ上方の桂慶治朗が優勝した。

勝者が発表されるんで、それまでは言っちゃダメだってね、これがね、わたし凄い腹立ってたんすよ。

それは、そうじゃないすか？　わたしが出てたときには、佐ん吉兄さん［*2］が獲って、雀太兄さん［*3］が獲ってという、もう会が終わったらすぐに記者さんたちが居て、それで、負けた人はもう帰って、獲った人が残ってインタビューを受けて、翌日の新聞に掲載とかだったんですよ。

だから、凄く良いじゃないすか？　桂二葉さん［*4］ってのは、獲ったときも、日本よりも外国のほうが注目してね、この古臭い落語なんていうね、小っちゃいコミュニティの中で、「男、男」と言ってる中で、女の人が獲った。「オーレディ、イエイ」なんて（笑）、凄いニュースになったんすよ。

日本だけですね。何かグズグズ言ってる人が多くて、「シーね」って、言って。で、それでね、獲れなかったのが、あたしと仲いい春風亭昇也さん［*5］というのが、……何が腹立つって、獲れなかったときに、「獲ってない」って言えないんですよね。

だから1ヶ月間、新規のお客さんとか、初めて会った人に、

「（賞を獲ったのは）あなたですか？」

「煩《うるせ》え、このヤロウ。黙っとけ、ほっとけ」（爆笑）

［＊2］佐ん吉兄さん……桂佐ん吉のこと。上方の落語家、2001年桂吉朝に入門。2015年NHK新人落語大賞を受賞。

［＊3］雀太兄さん……桂雀太のこと。上方の落語家、2002年桂雀三郎に入門。2016年NHK新人落語大賞を受賞。

［＊4］桂二葉さん……上方の落語家、2011年桂米二に入門。2021年NHK新人落語大賞を受賞。

［＊5］春風亭昇也さん……2008年春風亭昇太に入門。2021年NHK新人落語大賞本選に出場。2022年真打に昇進。同年文化庁芸術祭優秀賞を受賞した。

と。そんなのはイイすけどね、ずっとね、「獲ってください。頑張ってくださいね」って、応援してくれていた……、自分の勉強会とかね、定期的に開いてる会に常に来てくれてるお客さんにまで、

「獲ったんですか？」

「……さぁ、どうでしょう」（爆笑）

嘘をつかなきゃいけないんですよ。人のことを、何だと思ってんだろうな。大事なお客さんにも嘘をつかなくちゃいけない。仲間内にも嘘をつかなきゃいけない。そんなに嘘をつかせるほどの賞レースではないぞ、ＮＨＫたち《おまえ》（爆笑）。調子に乗るな、お前たち（爆笑）。「獲ってねぇから、言ってやるよ」ってね。オレは凄く腹立たしいの。しかも、獲ってりゃイイすよ。「いや、ちょっと、エヘヘ」なんて言えるから。獲ってない人間はね、「どうなんですか？」って訊かれても、ただのピエロですからね（爆笑）。ひと月間、ピエロになれって、これはねぇ、なかなか酷なことなんすよ。人間を弄ぶというか、好きじゃないな。

そんなのは声に出して言えなかった。で、ＮＨＫのラジオを演らせてもらってね。

「それ、言ってもイイですか？」

って、言って（爆笑）、

「そのことをラジオで」

「あ、あ〜！」

「イイすか？　言っちゃうよ、オレ、嫌いだから、そういうの。別にＮＨＫはどうでもいいし、言っちゃうよ」

「分かりました、言っちゃってください」

って、言ったけど収録だから全カットになったんですよ（爆笑）。ただ、内側に向けて、内側の悪口を言っただけでね（爆笑）。「酷いなＮＨＫ」と思ったりなんかするんすけど。「そういうのは、気分悪いな」と思ったときに、立ち上がったのがね、上方の桂雀太兄さんという方がね、ちょっと言い方を変えてＳＮＳで、絶対分かるだろうみたいに、匂わせをやったんす。

そしたら、もうピッピーッて、いろんなところからね、怒られたりなんかしたんだそうでね。そういう甲斐もあってか、今年は生放送だったんすよ。そしたらね。もう、雀太兄さんのおかげで生放送に出ている、……今回上がった、東京では特に3人、よく知ってる、仲いいんすよ。一花［＊6］、昇羊［＊7］、吉緑さん［＊8］、……吉緑さんは、そんなに会うこと……（笑）、……仲良くないじゃなくて、会う機会があまりないんですけど、この一花、昇羊ってのはね、マブでね。もう、その2人がね、生放送になったせいで、凄い緊張してたんすよ（笑）。


［＊6］一花……春風亭一花のこと。2013年春風亭一朝に入門、現在二ツ目。流派の垣根を超えた女流落語家ユニット〝落語ガールズ〟に所属。2023年NHK新人落語大賞の本選に出場した。

［＊7］昇羊……春風亭昇羊のこと。2012年春風亭昇太に入門、現在二ツ目。2023年NHK新人落語大賞本選に出場した。

［＊8］吉緑さん……柳家吉緑のこと。2010年柳家花緑に入門、現在二ツ目。2023年NHK新人落語大賞本選に出場した。

昨日の放送をわたし見てないんで、まだ分かんないですけど、凄いどうしよう？　生放送だから何かやらかしちゃったら、どうしよう？　尺とか、NHKに昇羊は凄いビクビクしてて、凄いびっくりしてて、昇羊さんっていう人はね、凄い真面目なんですよ。

とにかく真面目。それがね、ずっと、まくらをちょっと喋ったほうがイイよと、11分という限られた尺の中でも、ちょっとまくらを喋ったほうがイイよというアドバイスを、いろんな人からもらったと、

「兄さん、まくらを喋りました？」

「喋ったよ、オレ。11分の内で、2分ぐらい喋ったかな」

「皆、1分ぐらいに収めたほうがイイって聞いているんですけど……」

「だから、オレ、ダメだったんだろうね」（爆笑）

「ああ、そうすか……」

「2分ぐらい喋ったかなぁ」

「どんなことを喋りました？」

「自分のことを、子供の話が出てから、自分の幼少時代の話をちょっと喋ったかな」

と、

「なんかシブラクみたいに、こういうやっつけのまくらじゃなかったかなぁ」（爆笑）

って、言いながら、

「そうですか、私も……」

芸も結構真面目だから、ちゃんと考えて、考えて、演ってね。わたしの何かの仕事で、いろいろ行ったときに、

「今日、時間あげるから、いろんなまくら喋って、時間をかけて喋ってイイよ。いっぱいあげるから、演ってイイよ。中で一番イイ、『これどうだろうな？』って、引っかかったものを使えば。とりあえず、今日は、まくらの稽古みたいな感じで、仕事に使っちゃっていいよ」

「ありがとうございます」

って、そういうのもいろいろやってね。それでこないだ一緒に大阪だったんですよね。もう翌日、朝の8時の新幹線で帰るってね。一緒に帰るんですけど、それがね、4時か、5時くらいまで飲んでたんですよ。

上方の人と飲んでて、それで宿に帰ってちょっと仮眠して、それで、

「じゃぁ、今日帰るか。東京に帰るか。それで、オレを起こしに来てね。オレ、無理だから」(笑)

「分かりました」

それで、起こしに来てくれて、優しくて気遣ってくれてね、

「タクシーも呼んできました」

「ありがとう。ありがとう」

って、言って、タクシー乗って、新大阪駅まで宿から15分ぐらいかな。そのあいだ、「ありがとうね」と言ってタクシーに乗って、それで、

「新大阪駅までお願いします」

「はい、かしこまりました」

わたし昇羊さんが後ろに乗って、……わたしねぇ、ちょっとしか寝てない。2、30分しか寝てなかったんですよ。ちょっと、もう15分でも、「ちょっと寝るから、よろしくね」なんて、言おうかなと思ったら、

「兄さん、ちょっとすいません。まくら聴いてもらっていいですか?」(笑)

「はぁ? ……何だ、お前、酔っ払って、未だ、酒も残ってるよ。朝一からお前の面白くないまくらを聴かなきゃいけねぇんだ。ふざけんな。事故起こしたら、どうすんだ、バカヤロウ。……ダメだよ」

「お願いします」

「じゃぁ、イイよ。勝手に喋ってれば。演ってごらん。聴いてるわ」

「ありがとうございます」

で、ぼそぼそと、こんな感じのとかねぇ、こんな感じのことを言おうと思って

みたいな奴かと思ったら、本息［*9］なんですよ（笑）「演ってごらん」って、言った瞬間に、

「え〜、春風亭昇羊と申しまして……」

そっから（爆笑）？　そっから？　運転手さん、「ププッ」って言って。それでまくらの内容は、居酒屋に行ったら、8歳の女の子が1時間だけ、切り盛りを手伝ってると、その店の子なんでしょう。……手伝っている。それでこっちのことをジーッと見てくるから、「何だろうな？」と思ったら、その8歳の女の子が凄い色っぽく、

「お兄さん、目が大きいね」

って、言ってきた。私も、「何か返さなきゃいけないな」というので、

「お嬢さんもまつ毛が長いね」

って、言い返した。したら、こっちをじっと見て、

「よく言われる」

「……どうでしょうか？」

「ダメだと思うよ（爆笑）！　それNHKで？　ダメだと思うよ！　だって全然面白くないもん！」

もう、わたしにとってはねぇ、今日、この後に帰って観るんですけど、昇羊が

［*9］本息……声量、視線などを含め落語家が客前で演じるつもりを以て演じること。

獲ったか、獲ってないかより、……獲ってないんだ、結局ね。中でも気になるのが、どのまくらを喋ったか（笑）？　それがね、非常にね、気になる。

『風呂敷』［＊10］へ続く

［＊10］『風呂敷』……長屋のおかみさんが兄貴分に相談に来た。町内の若い者とお茶を飲んでいたところ、亭主が帰ってきたのであわてて若い者を押し入れに隠したが、このままにはしておけないのでどうしたらいいかとのこと。さて兄貴分の知恵は？

さよならマエストロ 出演秘話

2024年2月13日 渋谷ユーロライブ
渋谷らくご『饅頭怖い』のまくら

（出囃子が二杯目の途中で登場［＊1］）

すみません。寝坊［＊2］じゃございませんで（笑）、お付き合い願いたいなと思います。小痴楽でございますけれども……。

私事《わたくしごと》なのですが、このあいだ、……つい一昨日、先一昨日ぐらい、日曜日に毎週、今、放送《やって》るTBSのドラマで、『日曜劇場』という、『さよならマエストロ』［＊3］というドラマなんすね。西島秀俊［＊4］さんと、それから芦田愛菜［＊5］さんが親子で、指揮者の物語というドラマを放送《やっ》てるんですよ。2、3日前が、その第5話目でございましてね、……わたしがね、……ちょこっと出させていただいてるんすよ。どういう役かというとね、わたし、柳亭小痴楽が「柳亭小痴楽」役で出てるんですね。

芦田愛菜さんが落語好きで、柳亭小痴楽ファンという。そういった設定なんで

［＊1］出囃子が二杯目の途中で登場……出囃子はその曲が始まって終わるまでを一杯と呼びならわしている。おおむね普通のポピュラー音楽のワンコーラスが一杯相当と考えられる。出囃子の一杯目で登場するのが通例だったが、この日はなぜか遅れた。

［＊2］寝坊……「2年前の寝坊事件と、べらぼうの正体」の章にて前述の〝寝坊遅刻事件〟のことをあげて喋っている。

［＊3］『さよならマエストロ』……TBSテレビ日曜劇場にて2024年1月～3月まで放送されていたドラマ『さよならマエストロ～父と私のアパッシオナート～』のこと。

すよ。嬉しいじゃないですか？　皆さんどうですか？　芦田愛菜さんに、「ファンです」と言われたことありますか（爆笑）。嘘でもないいんじゃないすか？　わたしは、嘘でも言われちゃったんです。すいません、ちょっとお先に失礼させていただきまして（笑）。凄いねぇ、やっぱね、光栄ですよね。なんか芸人というのは、顔と名前が出るってのが、……嬉しいじゃないですか。

で、第5話目に出るっていうので、1話から4話目まで、一応全部台本見たんです。1話から4話目までね。ちょこちょこ、ここで、「響《ひびき》という役名なんすけどね、芦田愛菜さんが。「響、ここで小痴楽の雑誌を手に取る」とか、ちょこちょこ出してくれてて、フリみたいなもんでね、第5話目に登場というところでね、……で、6話以降の台本も読んだんですけど、一切、もう響がわたしを見ないんですよ（爆笑）。

「どういうことなのかなぁ？」、「本人登場で、ファンやめたのかなぁ？」と思うもんで（笑）。で、浮かれていてね。

作り手の人たちの中で、「こうやって小痴楽を使ってやろうかな？」という人がいて、変に役名をもらって、演らせてもらったところで、……出来ないですから。そんな仕事……。観ている人が、「なんだぁ？　この素人の大根は？」と言われるのが関の山ですから、そこでねやっぱり、善し悪し関係なく、「柳亭小痴

［＊4］西島秀俊……前述のドラマにて天才指揮者の役を演じた。

［＊5］芦田愛菜……前述のドラマにて西島秀俊の娘のバイオリニストを演じた。父の天才ぶりに反発をしてしまう役柄。落語が好きで柳亭小痴楽のファンであるという設定だった。

楽」という名前が、観た人たちの耳に入るってのは、これはね、幸せだなと思って浮かれてたんすよ。

　そうしたら、瀧川鯉八というね、同期がいるんすけどね。……性格悪いですよね。顔がね、きく麿兄さん［＊6］さん、そっくり（爆笑）。そのせいでね、きく麿兄さんまで好きじゃなくなってきて（爆笑）。それぐらいね、嫌なことを言う。こっちが楽屋で、

「美味しいだろ？　この仕事」

　って、言って浮かれていたら、鯉八さんが、

「でもあれでしょう？　主人公とか、他の団体名も、全部フィクションなんでしょう？　だから、兄さんは世の中に知られてないいんだから、『柳亭小痴楽』というフィクションの人物になっちゃうよ」（爆笑）

　凄く嫌なこと言うね、……浮かれさせろ！　バカヤロウ、この野郎！　って、いうようなもんで（笑）。

　でもねぇ、こないだ、チラッと映って、……芦田愛菜さんがねぇ、わたしの落語会の撮影セットに来てくれて、

「ファンです」

「あ、そうですか」


［＊6］きく麿兄さん……林家きく麿のこと。1996年林家木久蔵（現・木久扇）に入門。2010年真打に昇進。奇天烈な視点の創作落語で人気上昇中。

って、握手というようなシーンで、それで握手っていっても、やっぱドラマの撮影ですから、何回も握手するんですよ。で、演って、

「もう一回お願いします」

「はい、はい」

って、言って、で、

「OKです」

って、「終わったのかな」と思ったら、

「カメラの位置を変えて、あっち側からのカメラにしますんで。もう一回お願いします」

って、同じことを何度でも、何回も、20回近く、芦田愛菜さんに触って……、触ってというと問題あるけど（爆笑）、芦田愛菜さんと握手して。わたしのことをねぇ、ご存じの方いらっしゃいますかね？　わたしね、お客さんに対する対応が、最悪なんですよ（爆笑）。

道端なんかで声かけられても、……わたしの中では愛想を振りまいているつもりなんですけれど、……わたしはね、口が悪いですから、で、表で、

「あ、小痴楽さんですよね？」

って、言われたら、まぁ、わたしのことを観に来たことがある……、わたしの

ことを知ってくれているんだなぁ、どんな人間かと、分かった上で、声かけてくれたんだなと思ったら、いつもの高座通りのほうが「イイかな」と思ってね。本当はちゃんと礼儀正しいんですけれども、いきなり、高座では粗暴《こん》な感じで演ってて、外では、

「（か細い声で）ぁ、どうも……」（爆笑）

なんていう、「なんだよ、こいつ、こんな奴か」となってもイケないなっと思って、普段から、

「あ、小痴楽さんですよね？」

「煩《うるせ》え！　この野郎！」（爆笑）

わたしの内面《なか》ではねぇ、

「ワァー！　パチパチパチ」

って、なるかなと思ったら、皆、やっぱり、

「す、すみませんでした」（爆笑）

って、居なくなっちゃうんです。結構ね、お客さんに対する接客（笑）、……接客じゃない、対応？　応対が悪いんですよ、わたし。なんですけど、でも、何回も、

「ファンです」

「ああ、そうですか」

で、握手なんかしないですよ（笑）。知らない人、触りたくないから（笑）。気持ち悪いっていうかね（笑）。その、……今、ほらね、信用出来ない世の中じゃないすか？「ファンです」って、手に画鋲入ってっかも知れないし（爆笑）、懐に拳銃《チャカ》を入れているかも知れないし（笑）、……「そんなの嫌だなぁ」と、「ファンです」、「ああ、そうですか」って言って、パァン！って、撃たれても嫌だしね（爆笑）。だから、そういうお客さんとの応対はなかったんですよ。

それで、スタジオで収録して、

「小痴楽さん終わりです」

「どうもありがとうございました。お疲れ様でした」

帰っていって、バスで、スタジオの最寄り駅まで行って、神奈川のほうだったんですかね。小一時間電車で、ウチまで帰る。……の前に、「1本、タバコ喫《の》んで帰《けえ》りたいなぁ」と思って、喫煙所探したんですよ。その駅の周りで、「どっかに喫煙所ないかなぁ」と思って歩いていて、そうしたら駅前でオジサンが、ずっとこっち見てて、「何だろうな？」と思ったら、近づいてきて、中年よりも、ちょっと上かな……、オジサンが、

「小痴楽さんですよね？」

「おお、はい」

「あのねぇ、よく末廣亭とかに行くんだよ」

って、言われた途端に、

「どうもぉ～（握手の手を差し出す所作）」（爆笑）

って、やって、……凄い神対応になっててね。ところが、その人は、

「（手を遮って）いやぁ、そこまでのファンじゃないです」（爆笑）

って、行っちゃった（笑）。「背後《うしろ》から、銃でパァン！　って、いきてぇな」と思った訳です（笑）。……まぁ、日本はまだねぇ、拳銃の所持を許されていないから（笑）、オジサンも命拾いをしたなぁと（笑）、……そんなところでございますが……。まぁ、でもねぇ、いろんな仕事をやらせていただいて、「本当にありがたいな」なんてなことを、日々思ってるんでございますけれども。

何かね、何を喋ろうと思ったのかが、今、思い出したいんでね（笑）。ちょっと、暫し御歓談を（爆笑）。ボクはねぇ、落語ですね。……演りたいですよね（笑）。ここまできたらねぇ、落語を演りたいっすよ。

まぁ、「十人寄れば、気は十色」なんてなことを言ってね。顔形が違うように、御気性ってのも違うんだそうで……。

わたしも、生まれはこの渋谷という街なんですね。やっぱり地元といえば、地

元で、やっぱ友達が幾らか居て、……何年か前に、携帯を落っことしたんですよ。ｉＰｈｏｎｅ、スマホを落っことして、ウチのカミさんと歩いていてね。落っことしたのか、置いてきちゃったのか？

「どうしよう？」

って、言ったら、今のスマホってぇのは、便利ですね。ｉＰｈｏｎｅなんですけれども、「ｉＰｈｏｎｅを探す」っていう機能があるんですよ。皆さん、ご存じでしたか？　それはインストールするとかじゃなくて、元々、もう入ってる奴なんですって。ボク、それ知らなくて、

「おい、どうしようかな？」

っつって、言ったら、ウチのカミさんが、

「それじゃぁ、『ｉＰｈｏｎｅを探す』で、アタシのｉＰｈｏｎｅで、アナタのｉＰｈｏｎｅを探すから、……電話番号を入れたら、見つかるから……」

「凄いな、そんなこと出来るのか？　頼むわ」

「任してぇ～」

って、言ってねぇ、もう直ぐに、ピコン、ピコンみたいな感じで、レーダーみたいなね、マップがあって、それで赤い点で、「ここにありますよ」って、「あぁ、良かった」と思ったら、……動いてるんですよ（笑）、ｉＰｈｏｎｅが。

「待てよ、オイ」

って、言って、

「それ、四つ足かぁ？（笑）どうなってんの？　凄い速さだから、車だな、これ」

したら、ウチのカミさんの情報で、ｉＰｈｏｎｅってのは、高価《たか》いから、売ったら高価なんですってね。拾ったら転売とかするんだと、だから、

「これ、盗《と》られちゃったんじゃないの？」

って、

「ああ、そりゃいけねぇなぁ」

って、もう直ぐにタクシーに乗って、カミさんと、

「すいません」

タクシーの運ちゃんが、

「どこ行きますか？」

「いや分かんないんですけど、……ちょっと、これ」

って、携帯渡して、

「これを追いかけてくれ（笑）。これを捕まえたいから、追いかけてくれ」

そしたら運転手さんもノリが良くてね。

「ああ！　分かりました。楽しみですね」（爆笑）

「ああ、良い運ちゃんで良かったなぁ」と思って、

「お願いします」

「分かりましたぁ」

って、パァーッと行って、
向こうは車だからね。車内の様子が分からない。向こうは何人か分からないから、とりあえず地元、……ちょうど落っことしたのが原宿だったんで、仲間に電話して、

「ちょっと、今、どんな連中か分からない。追っかけているから、ちょっと集まってくれ」（爆笑）

「どこへ行ったらいいの？」

って、

「分からない。今、こいつ動いてんだよ。今、原宿からタクシーに乗って、明治通りをずうっとまっすぐ行ってるから。ちょっと、皆、どこに居るの？」

どこどこ、どこどこで……、バラバラで、

「ちょっと、皆で連絡取って、反対側からも来て、真ん中でそいつを挟み撃ちにして逃がさないようにしたいから（爆笑）、ヨロシク」

それで、ずっと行って、千駄ヶ谷辺りだったですねぇ。それで、友達に電話して、

「皆、揃った？」

「おう！」

あたしの乗っているタクシーのナンバーも伝えてて、

「ああ、見つけたよ。勇仁郎の乗った車見つけたよ」

その斜め後ろに控えている。

「（後方に手を振る）ああ、どうもありがとう、ありがとう」

「俺は斜め前だ」

「（前に手を振る）おお、ありがとう、ありがとう」（笑）

わたしの乗っているタクシーの3台前に、そのレーダー……、わたしのｉＰｈｏｎｅを持ってる車があるんすよ。だから、もう目の前だから、反対側の車線から友達も来ていて、「向かい側も居る」って、言ってて、

「ありがとう、ありがとう。じゃぁ、これで捕まえて、どっか連れてこう」（笑）

連れて行くっていうか、ねぇ、

「話し合おう」（爆笑）

って、

「そうしよう。じゃぁ、どこで停めようか？」

「この先、国立の競技場がある。そこら辺にしましょうか」

みたいな話をしたら、向かい側の友達が……、反対車線の友達が、

「ちょっと待て」

と。

「……勇仁郎が乗っているタクシーの３台前でしょ？　それ……、パトカーなんだけど」（笑）

「えっ⁉」

言った瞬間に、

「散れぇぇぇー！」（爆笑・拍手）

で、バァーッと、解散して。で、トントンとパトカーのウインドウをノックして、

「それ、あたしの携帯です」

って、言ったら、拾ってくれていて、こっちも、署に戻んなきゃいけないから、そこの千駄ヶ谷の駅前の交番に置いて、こっちはもう戻ろうと思っていたと……。

「そうですか、返してください」

「とりあえず、交番の中に来てください」（笑）

「いや、すいません。交番とか、ちょっと入るのが苦手なんですよ」（爆笑）

「いいから、来なさい」

それで名前書かされて、
「それ、わたしのです」
って、言って……、何処でね、どういう出会いをするか、分からないですよね。まさかね、お巡りさんに追っかけられたことがあると思いますけど、追っかけることになるとは、思わないもんね（爆笑）。「なんか面白い出会いがあったなぁ」みたいなもんですけれど……。

大勢ね、若い連中が集まると、そういったくだらないことが起きるってのは、常にそうでございますけども。皆さんの好き嫌い、好みってのも、その通りで、いろんな人がいてね。わたしみたいなちょっとトンチキもいれば、しっかりとした音助さん［*7］みたいな、そういう人が居て……。でも、どっちのほうが人間としてまともかというと、結構あっちのほうがサイコパスだったり（笑）、……人間ってのは深いなというような、そういった人情味のある一席でお付き合い願いたいなと思ったんだけど、そんな噺がないんで（爆笑）、古典落語にお付き合い願いたいなと、思いますけども……。

『饅頭怖い』［*8］へ続く

［＊7］音助さん……雷門音助のこと。２０１１年九代目雷門助六に入門。２０１６年二ツ目に昇進。

［＊8］『饅頭怖い』……若い者が集まってお互いに怖いものを言い合っていると、端っこで「俺は怖いものはねえ」と威張っている奴がいる。本当にないのかと尋ねてみると実は饅頭が怖いと白状した。これを聞いた仲間はあいつを懲らしめようと饅頭を持ち寄ることにしたのだ。

パワハラモラハラが怖くて、噺家やってられるか！

2024年3月9日　渋谷ユーロライブ
渋谷らくご　吉笑三題噺2024［＊1］　day2　『長屋の花見』のまくら

ご来場でありがたく御礼を申し上げます。吉笑さんも一切顔回してくんないという冷たい楽屋から（笑）、温かい舞台にやってまいりましてね。三題噺という凄いことを演っているなと思います。なんか凄い、やっぱり吉笑さんってのは、ストイックですよね。わたしは真逆の人間なんで、正直言うと、「バカみてぇだな」と思ってしまうんですけど（爆笑）。まぁまぁね、当人はそのほうがなんか生きてる気持ちがするんでしょう（笑）。それはそれで、幸せなんじゃないかな、……いろんなね、人がいますからね。

いろんな物差しがあって、良いもんで、わたしはちょっと、ただ、「相容れないよ」というだけでね（笑）、見てて、やっぱ世の中、いろいろドンドンドンいろんな人が出てきてね、わたしも生きにくい世の中になってるんすよ。脳みそが古臭いもんですから。……今も、ずっと楽屋の便所の機械に腹立っていて

［＊1］吉笑三題噺……三題噺とは観客からお題となる言葉を三ついただき、その日のうちに即興で一席の落語を作り上げるというもの。創作落語を普段から手掛けている落語家でもなかなかに大変なことだが、立川吉笑は〝渋谷らくご〟にてこれを3日間に分けてやりとげた。

ね。おしっこを済ませて出てきたら、前座さんが凄く申し上げ難そうに、言い難そうに、

「兄さん、すみません。ちょっと、羽織のうしろのところに、……すいません、……白いモンが付いていています」

と、言って、……で、腰《ここ》んところにね、石鹸でしょう。ピューッて勝手に出てくるから、アレ。目の前を通ったら、センサーで、ピューッて出てきて、わたしの羽織に、ビシャビシャッと、このケツのところですよ、かかってるんですって。

「何、何、何、何か付いていています！」

って、言われて、白いモンが、「えっ！」と思って、「痴漢？」と思いながら（笑）、「シブラクで？」みたいな感じで、パッと見たら、羽織のうしろにベタベタって付いててね。もう、一瞬焦りましたね。「ケツから精子が出るようになっちゃお終いだなぁ」と（爆笑）、「オレはそこまでいっちゃったか」と思って、そんなことはない……。

……良かった。今日のお客さんはまだ笑ってくれるから（笑）。真ん中のオジちゃんなんか、大きく口開けて、笑っているからね（爆笑）。

今、こういうことも言っちゃいけないってね、セクハラだと。煩《うるせ》え、バカヤロ

ウ（笑）！　こっちにモラルねぇんだ、バカヤロウ！　……世の中の物差しで測られても、困っちゃいますよね。そんなセクハラとか、モラハラだとか、パワハラだとか、先もなんかね、兼太郎さん［＊2］も言っていましたけど、モラハラ、パワハラ？　だから、落語界が、今、凄いですよ。弟子が師匠を訴えて、80万もらえる。イイ割の仕事になりますわね、これねぇ（笑）。弟子は、幾らでも、何十万でもとってやろうと。……実は、わたしもねぇ、去年、弟子が出来たんですよ。

一応、言うようにしててね。

「何かあったら、訴えな」

って、

「いいよ、お金あげるから、その代わり、お前もこの世界で生きられなくしてやるからなぁ（爆笑）。そういうもんだから、しょうがないよ。お前、オレもタダでは転ばないから、何回も何回も控訴って、でもって、ちょっと人気になるわ」

って、本物の炎上になってやる訳ね。そんな、こればかりの炎上なんかじゃ、しゃら臭《くせ》ぇバカヤロウ。

「訴えな」

「訴えません」

［＊2］兼太郎さん……三遊亭兼太郎のこと。2013年三遊亭兼好に入門。2017年二ツ目に昇進。

「言ったな、お前。言質とったぞ、このヤロウ。訴えたら、殺すからなぁ」

ってね。……どんどん（お客の心が）引いていく感じが、また、堪らないねぇ（爆笑）。言う訳ねぇだろ、このヤロウ（笑）。こっちだって怖いんだから……（爆笑）。

何かねぇ、難しいですよね。で、ニュースを見たんですよ。皆さん、見ましたかね。帰ったら見てみると面白いですね。その訴えた人が、……落語協会の人が、勝ったんですって、師匠から80万とって。で、勝って、記者さんたちの前で、

「落語家も、社会人としての自覚を持って……」

みたいな、いや違う、社会人になれなかった人間が、演芸界《こっち》に来てるんだから（爆笑）。「ちょっと待って」と、（拝みながら）申し訳ないけど、「オレを殺さないでくれ」っていうねぇ（爆笑）。そういう考え方の人も居ても良いし、そうじゃない人たちも居ても良いっていうね、そういう世界なんすけど。「これにしなきゃダメ」っていうような言い方が、「ちょっと待ってくれよ」と。ましてや昨日、今日、入った奴が、何言ってんだというのがね。

凄く困っちゃってね、わたしも。「じゃぁ、変えなきゃいけないのかなぁ」と。だから、そんなところに入った奴が悪いんですよ（笑）。ほいでね、「クビ」

って言われて、次、別のところに拾ってもらえばイイんだから。拾ってもらって、あの人の定義してるパワハラというものをやってる人んとこには、弟子は誰も来ないでしょうし、お客様も居なくなるでしょう。そしたら生きられなくなっちゃうから、……お客さんが居なければ、「オレも生き方を変えなきゃいけないんだ」って、そこで自分で学べば良いからね。周りがね、「お前、それダメだよ。こうしなさい」って言う、……そんなねぇ、芸なんて一人一人違いますからね。

「こういう芸をしなさい」っていう教科書なんて無いから。そんなこと言われても困っちゃうなと。わたしは、暴力賛成派なんで（爆笑・拍手）。……そんな訳ないよね。でもね、本当に息苦しいですよね。だから、捉えようなんでね。向こうのね。志らく師匠［*3］が書いた本とか読んでたら、凄い面白いっすけど、見方をちょっと変えれば、ただのパワハラ、モラハラ、暴力ですからね。それを、「こんなに面白く描けるんだ」と。「ああ、良いモノを師匠からもらったんだな」って思うか、思わないかですからね。

ちょっと、もうやめておこう（爆笑・拍手）。これはやめとこうね。すみませんねぇ。楽屋で喋ってくれないから、イライラしちゃって（爆笑）。こういうふうに出ちゃうんだよ、やっぱりね。今日の、シーね（爆笑）。そういうのもね、

［＊3］志らく師匠……立川志らくのこと。1985年、七代目立川談志に入門。1995年真打に昇進。独自の工夫を凝らした落語を演じる。また映画に題材をとり設定を江戸時代に置き換えた創作落語も評価が高い。テレビのコメンテーターとしても活躍中。

ヘラヘラ笑ってんのがね、我々なんでね、もうお客さんもマジにならないで、ヘラヘラ笑ってってていただきたいなと思いますけども。

大谷翔平選手が結婚したんですってね。やっぱり日本ってのは、平和ですよね。ゴホッ、ゴホッ！　……ねぇ、咳したって怒んないし（笑）、平和ですよね。ああいう著名な方とか、……上等な人とか、……上等ってのはアレか（笑）、好感度高いのが、……高い方が（笑）、ねぇ、なんか、アレになると、必ずねぇ、ニュースで、なになにロスとか。今回も、「大谷ロス、大谷ロス」って言って、「世の女の子が嘆いてます」なんてレポーターが何かをやって、「大谷ロス、大谷ロス」って、確かに大谷はロスに居るというね（爆笑）。ただ、地名を言っただけじゃねぇかってね（笑）、くだらないことばっか思いついて、ぺーぺーぺーぺー言って、日々生きているもんでございますからね。

真面目に生きている人には、本当申し訳ないっすよ。落語の中にもそういったね、真面目に生きている奴なんて居ないですからね。自分の今のそんな状況をヘラヘラ笑って生きていかないと、生きていけねぇだろうと、そういったのが集まってくるのが、落語でございますから……。

春は、花なんて……落語っぽい（爆笑）！　アッハッハッハ、折角でございます。3月の開花が東京は20日なんだそうだね。もうちょっとで、パッと花が開くという、う〜ん、楽しみでございますけれども。とにかくこの季節は、道行く人はね、大体賑やかで陽気になったりなんかするんだそうでございますけれども……。

「オイ！　集まれよ」
「うん、どうしたの？」
「どうしたも、ねぇやな。今ね、井戸端で大家に会ったんだ。したらね、『長屋の者、全員、面を合わせろと、……顔見せろと』と、こう言ってたよ」

『長屋の花見』［＊4］へ続く

［＊4］『長屋の花見』……桜が咲き、この貧乏長屋でも大家から花見に行こうと住人たちに声がかかった。喜んだ一同だが、酒とつまみがお茶と大根だと知り意気があがらない。

「その日の小痴楽」を聴きに

解説　サンキュータツオ

どのような高座でも、ほかでは見たことのない「その日の小痴楽」がそこにいる。

だから私たちはこの師匠の高座を、足を運び、お金を払って聴きに行く。理由はそれだけで十分だ。落語に限らず、生で味わう芸能やスポーツの醍醐味は、「その日そこでしか味わえない」空気や場面だ。

おなじ噺を語るにしても、導入のまくらが違う。その日のお客さんの反応で落語の表情もだいぶ変わる。「ここをうまくやって笑わせたい」というポイントを変えてくる。進化の途中の噺もあれば、代表的な噺ひとつとっても、小痴楽師匠自身が「その日の高座」の一回性を楽しんでいる。だから観客も楽しい。喋りたいエピソードが常にあり、観客を見たらまた語りかけたい「なにか」が飛び出してくる。読んでいただいたように、まくらのライブ感がものすごいのだ。完全なアドリブではない。なんとなく話すことを決めておいて、その日の観客と「会話」していくうちに、リップサービスが激しくなっていくこともあれば、憎まれ口をたたくこともある。思ってもみなかった方向に着地することもある。

というか最初から着地はあまり意識していない。要するに、お客さんと「じゃれる」のだ。小痴楽師匠にはこれが許される口調と声質の「軽さ」（これは芸人にとって神様の授かり物のようなもの）と愛嬌がある。甘え上手でかわいい。だから何度も聴きたくなる。

機械音痴だったり、この時代若干ヒヤッとするような時代錯誤的な「それ言っちゃっていいの？」もある。よくもこの時代に、こんな落語から飛び出してきたような存在があったものだ。言いたくても言わない演者がほとんどのなかで、小痴楽師匠が存在しえたのは、ほかならぬ本人に「芸人とはこうありたい」という確固たる美学があるからだ。その美学を持てたのは、生育環境もあるかもしれないし、憧れる芸人たちの存在があったからかもしれない。この演者には、「憧れる才能」がある。「これを良しとするという美学」がある。だからぶれずに現在に至っている。

誤解をしてはほしくないのは、ただいたずらに無頼や破天荒に焦がれているわけではないということだ。心の底に落語と落語家、観客への尊敬と愛がある。みんながそれを感じ取っているから嫌われない。この本でもまくらの最後にどの噺を語ったかが明記されている。落語を知っている人ならば、わりと緻密にまくらから落語への流れが計算されていることにも気づくだろう。本人はあまり言ってほしくないかもしれないが、芸に真摯で真面目なのだ。どの高座も無駄にしていない。しかし力みも感じさせない。自らが楽しむ、という姿勢が貫かれている。

落語界の世代交代と覇権争いを印象づけた、２０１０年代の落語芸術協会内同期ユニット「成金」。小痴楽師匠はそのなかで「一番年下の先輩」としてユニットを牽引した。愛嬌と真面目さがこの人になければ、ユニットの運営すら危なかったかもしれない。先輩諸氏にも根回しをし、可愛がられて、後輩を飲みにつれていってはすぐに酔って寝てしまう。常にだれかに「語られる」存在、業界でも要にいるのに権威にはならない。だから目が離せない。だからあなたも「その日の小痴楽」を聴きに行く。

サンキュータツオ　プロフィール

漫才コンビ「米粒写経」。毎月第二金曜から開催の「渋谷らくご」番組編成担当。「シブラク」開始の２０１４年から現在に至るまで小痴楽師匠に出演してもらっている。東北芸術工科大学文芸学科専任講師。専門は笑いと文体、日本語学。『広辞苑　第七版』サブカルチャー項目担当。早稲田大学大学院文学研究科博士後期課程修了。著書に『これやこの』、『学校では教えてくれない！ 国語辞典の遊び方』、『ヘンな論文』（角川文庫）、『ボクたちのＢＬ論』（河出文庫）など。

柳亭小痴楽　令和の江戸っ子まくら集　シブラク編
2024年7月4日　初版第一刷発行

著者　柳亭小痴楽

帯推薦文・解説　サンキュータツオ
写真／加藤威史
構成・注釈　十郎ザエモン
構成協力／ゴーラック合同会社
カバーデザイン・組版／ニシヤマツヨシ
校閲校正／丸山真保

協力／渋谷らくご　ユーロスペース
新宿末廣亭
オフィスマツバ

編集人／加藤威史

発行所／株式会社竹書房
〒102-0075 東京都千代田区三番町8-1 三番町東急ビル6F
e-mail : info@takeshobo.co.jp
https://www.takeshobo.co.jp

印刷・製本／中央精版印刷株式会社